U0165631

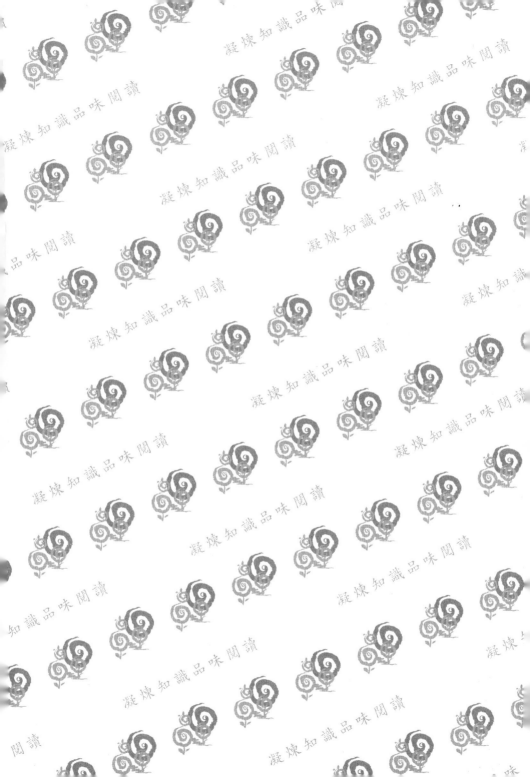

青春悅讀

文學與生命的對話

青春悅讀

國立彰化師範大學「自我・人我・物我──文學與生命的對話」教師專業社群 編著

五南圖書出版公司 印行

凡例

一、本書以「青春悅讀——文學與生命的對話」為名，乃
在發揚青春正好、閱（悅）讀當時的人文精神。期望從
文學感發生命的角度，探求其表述方式與深層意蘊，使
大專院校各院系學生領略文學之美，在閱讀鑒賞的過程
中，扣問人類生存的意義與價值。

二、內容分為五個單元：自我追尋、人間情事、人情世態、
跨界探索、半線行旅，從「人」出發，由作家切身地反
映的自我影像與書寫實踐，照見人與自我，與他人，與
社會、自然的關係，這既是對生命的沉思，也是生命意
識的高度自覺。每單元有「寫在前面」欄目，說明選文
理念。

三、選文二十四篇，包括詩歌、散文及小說，融會古今中
外，關懷在地文化。選文附有註釋，並設置三個欄目：
「導讀」介紹作者、文章出處、創作背景與內容大要；
「思辨與對話」利用提問進行文本的思考和辨析，並尋
求彼此對話的可能；「延伸閱讀」提供可對讀的文本，
以及相關評介和閱聽資源。

序

　　國立彰化師範大學國文學系自創系以來，李威熊主任即推動本系教師共同編撰《大學國文選》。課文內容歷年來多有改動，從古典到現代，從本土到國際，從鑒賞到應用，詩歌、散文、小說、戲劇各體兼備。然而，時代變遷快速，許多既有觀念和作法都面臨挑戰，大學國文課程有其美好的傳統與價值，但更需要權衡通變與時俱進。

　　大一新鮮人，這些風華正茂的學子來到大學校園中，本欲展現他們崢嶸的頭角，但如潮湧般紛至沓來的種種騷動：生活的、親情的、愛情的……，掙扎在家庭、社會多元價值的變動，理想與現實的衝突，青春的生命是否感到惶惑迷惘、身心無處安頓？面對這樣的情況，我們除了傾聽陪伴，還能做些什麼？我們思考重新編撰一本更契合學生生命情境的教科書，因為大一國文是校訂必修課程，通過它的力量，可望為這些年輕生命帶來確實而深刻的影響。文學作品是作者生命靈魂的展現，大學裡的國文課程，不只介紹文本的結構、修辭、技巧，就中還有更多的生命情意、生命抉擇、價值思辨、社會關懷、自我探索與自我對話需要深掘；透過文學的閱讀，讓青年學子有充分的能量面對「新鮮人」生命歷程的轉換。

　　從二〇二〇年本人擔任系主任開始，透過高教深耕計

畫教師社群的運作，邀集系上專兼任老師，以「自我・人我・物我──文學與生命的對話」為發展主軸，持續討論與交換意見，最終編撰出這本《青春悅讀──文學與生命的對話》。本書分五大單元，共收錄二十四篇文章，各單元分別就不同議題命名為：自我追尋、人間情事、人情世態、跨界探索、半線行旅。單元啟始有「寫在前面」的簡要導讀，說明該單元的選文意旨。特別感謝詹千慧老師擔任統籌工作、楊菁老師教育部生命教育計畫的支持，以及眾多老師的鼎力協助，讓這本新教材得以成形。

　　文學作品除了優美的文字辭藻外，更是作者真實生命的展現，透過作品，我們分享作者的悲歡離合，感受他們的喜怒哀樂，也成一面映照生命的鏡子。《舊唐書・魏徵傳》：「以銅為鏡，可以正衣冠，以史為鏡，可以知興替，以人為鏡，可以明得失」，而文學，承載這一切，融鑄無數的智慧，在文學作品中，不只可見興替、得失，文學中的天人物我關係，生命之韻、生命之趣、生命之協、生命之美，都是我們想介紹給同學的。這本教材的終極目的，不只是透過文本增進語文能力、涵泳文學素養，更期待透過文本，反思人之所以為人的種種問題。

　　以文學為鏡，期待青春學子豐盈的生命，映照天光雲影。

國立彰化師範大學國文學系

丘慧瑩 謹誌

二○二三年六月

目次

單元一

自我追尋

寫在前面

　　我們經常對「我是誰」這個問題，抱持著懷疑與好奇，進入大學後，更是自我探索與自我了解的重要時期，我們必須在不斷的叩問與思索中，進行自我了解與自我追尋。文學作品就像一面鏡子，幫我們反照出鏡中不曾看見的自己，或未曾理解過的自己。在文學的閱讀中，從他人的人生故事、多元歧異的觀看視域裡，幫助我們開拓視野，了解人的多元與複雜性，也藉此反觀自己、檢視自己，在自我追尋的人生之路中，與更真實、更美好的自己相遇。

　　本單元收了五篇文章。〈自題寫真〉一文是白居易的自我寫真詩，以詩作的方式寫出自我形象，這是白居易的「自我看見」，在書寫中回顧與展望自己的人生。〈超級販賣機〉一文，是顏艾琳以女性視角的自我審視，同時叩問現代女性的生存現況，顛覆和批判傳統的性別和情慾觀。〈垓下之戰〉一文，司馬遷以史書筆法，書寫項羽在垓下之戰時面臨的人生困逆境與苦難，以及他如何在自我衝突中做自我調整。〈抱負〉一文，楊牧以談詩的創作為題，表述作詩應該秉持的理想與抱負，這是人生的信念與理想堅持的思索。〈題孔子像於芝佛院〉，李贄藉著聖人與異端兩個概念，嘲

諷俗儒和假道學的虛偽無知，以及一般人「從眾」的心態。〈顏回偷食〉以孔子誤會顏回偷食的經過，說明人們經常憑藉「眼睛所見」的表象行為，對他人進行主觀的臆測，不僅因此發生誤解，甚至無法真正了解他人。

　　以上五篇文章，內容包含自我認識、自我角色的重新審視、面臨困頓時的自我突圍、人生信念與理想的堅持，以及獨立思考的重要。當我們陷於自我迷惑時，文學作品就像一道亮光，幫助我們在迷途中找到方向。在遨遊於文學作品的世界中，我們將看見自己、了解自己、型塑自己，並且壯大自己。讓文學的自我追尋之路，幫助我們淬煉出智慧的眼睛、清明的心靈，穿透人生百態的表象，洞悉真理的方向。

楊菁老師　撰

自題寫真

〔唐〕白居易

我貌不自識，李放[1]寫我真。

靜觀神與骨，合是山中人。

蒲柳[2]質易朽，麋鹿[3]心難馴。

何事赤墀[4]上，五年為侍臣[5]。

況多剛猲[6]性，難與世同塵。

不惟非貴相，但恐生禍因。

宜當早罷去[7]，收取雲泉[8]身。

---

[1] 李放　唐德宗貞元、憲宗元和時期畫像名手。
[2] 蒲柳　落葉灌木，秋天早凋，也叫水楊，用來比喻或自謙身體衰弱。
[3] 麋鹿　又名四不像，對濕暖的沼澤尤為喜愛。白居易〈首夏〉：「麋鹿樂深林，蟲蛇喜豐草。」麋鹿的本性是嚮往蔥郁森林深處的那片沼澤，所以野性難馴。
[4] 赤墀（彳ˊ）　皇宮中的臺階，因以赤色丹漆塗飾，故稱。此借指朝廷。
[5] 侍臣　指皇帝身邊的近臣。
[6] 剛猲（ㄐㄩㄢˋ）　剛正耿直。
[7] 罷去　辭官歸隱。
[8] 雲泉　白雲山泉，借指勝景，此句意指在山河勝景中安閒度日保全自己。

　　白居易（772～846），字樂天，祖籍太原（今屬山西省），後遷居下邽（今陝西渭南縣）。唐德宗貞元十六年（800）中進士，授祕書省校書郎，歷任翰林學士、左拾遺、太子左贊善大夫等職。憲宗元和十年（815），因上書越職言事得罪權貴，貶為江州司馬。後轉任杭州、蘇州刺史。開成2年（837）任太子少傅。武宗會昌二年（842），以刑部尚書致仕，晚年居洛陽自稱香山居士，又號醉吟先生。白居易文章精切，尤工詩，作品平易近人，老嫗能解，是新樂府運動的倡導者，著有《白氏長慶集》七十一卷。

　　本文選自《白氏長慶集》卷六，詩題下自注「時為翰林學士」。白居易在《香山居士寫真詩并序》說明此詩作於元和五年（810）。此詩作後五年，白居易把自己的詩歌分為諷喻詩、感傷詩、閒適詩和雜律詩四類，並將此詩歸類為閒適詩，本詩題材屬於五言古詩，押真韻。詩文的內容主要在說明作者想了解他人眼中的自己，因此請名畫家為自己畫像，他仔細審察著畫像上自己的神情與骨氣，不禁連連感慨：為何畫中之人不是自己所熟悉的人物？他藉由詩句書寫「看見自我形象」的視覺經驗及其反思自己的個性與生活。

　　白居易分別在不同階段書寫個人的寫真詩，他將寫真詩與他個人的人生經歷互相結合，每次觀看題寫自己的肖像畫，猶如回顧與展望自己的人生！

思辨與對話

1. 白居易為何要在不同階段看個人肖像畫以及題寫詩句？

2. 如何認識自己？試論述古今中外認識自己的方法？

3. 你覺得相由心生嗎？請試著在每個階段為自己拍照並寫下心得，說明當時自己的個性與理想。

 延伸閱讀

1. 白居易〈題舊寫真圖〉、〈感舊寫真圖〉、〈香山居士寫真詩〉。

2. 張愛玲：《對照記》，臺北：皇冠出版社，1992年。

3. 石曉楓：〈影像誌〉，《八十九年度教育部文藝創作獎作品集》，臺北：國立臺灣藝術教育館，2001年。

4. 桂文亞：〈刀疤老桂〉，《刀疤老桂》，臺北：現代出版社，2012年。

甘秉慧老師　撰

導讀

　　白居易（772～846），字樂天，祖籍太原（今屬山西省），後遷居下邽（今陝西渭南縣）。唐德宗貞元十六年（800）中進士，授祕書省校書郎，歷任翰林學士、左拾遺、太子左贊善大夫等職。憲宗元和十年（815），因上書越職言事得罪權貴，貶爲江州司馬。後轉任杭州、蘇州刺史。開成2年（837）任太子少傅。武宗會昌二年（842），以刑部尚書致仕，晚年居洛陽自稱香山居士，又號醉吟先生。白居易文章精切，尤工詩，作品平易近人，老嫗能解，是新樂府運動的倡導者，著有《白氏長慶集》七十一卷。

　　本文選自《白氏長慶集》卷六，詩題下自注「時爲翰林學士」。白居易在《香山居士寫眞詩并序》說明此詩作於元和五年（810）。此詩作後五年，白居易把自己的詩歌分爲諷喻詩、感傷詩、閒適詩和雜律詩四類，並將此詩歸類爲閒適詩，本詩題材屬於五言古詩，押眞韻。詩文的內容主要在說明作者想了解他人眼中的自己，因此請名畫家爲自己畫像，他仔細審察著畫像上自己的神情與骨氣，不禁連連感慨：爲何畫中之人不是自己所熟悉的人物？他藉由詩句書寫「看見自我形象」的視覺經驗及其反思自己的個性與生活。

　　白居易分別在不同階段書寫個人的寫眞詩，他將寫眞詩與他個人的人生經歷互相結合，每次觀看題寫自己的肖像畫，猶如回顧與展望自己的人生！

思辨與對話

1. 白居易為何要在不同階段看個人肖像畫以及題寫詩句？
2. 如何認識自己？試論述古今中外認識自己的方法？
3. 你覺得相由心生嗎？請試著在每個階段為自己拍照並寫下心得，說明當時自己的個性與理想。

 延伸閱讀

1. 白居易〈題舊寫真圖〉、〈感舊寫真圖〉、〈香山居士寫真詩〉。
2. 張愛玲：《對照記》，臺北：皇冠出版社，1992年。
3. 石曉楓：〈影像誌〉，《八十九年度教育部文藝創作獎作品集》，臺北：國立臺灣藝術教育館，2001年。
4. 桂文亞：〈刀疤老桂〉，《刀疤老桂》，臺北：現代出版社，2012年。

甘秉慧老師　撰

超級販賣機

顏艾琳

我覺得飢渴。

我投下所有的錢，
它什麼也沒給我。

我只好把手腳給它

又將頭遞過去
但還不夠。

我繼續讓它吞噬其它的肢體，
它仍舊不給我任何東西。

最後我把靈魂也投給了它。
它吐出一副骸骨
並漠然顯示：
「恕不找零」

顏艾琳（1968～），臺南人。輔仁大學歷史系畢業，臺北教育大學語文創作所肄業。為女詩人中最早創作情色詩系列者，因此激起許多探討，為臺灣詩壇重要的性別研究對象，也是多篇論文專書探討之對象。曾獲「出版優秀青年獎」、創世紀詩刊40週年優選詩作獎、文建會新詩創作優等獎、臺灣全國優秀詩人獎……等獎項。著有《顏艾琳的祕密口袋》、《已經》、《抽象的地圖》、《骨皮肉》、《畫月出現的時刻》、《漫畫鼻子》、《黑暗溫泉》、《跟天空玩遊戲》、《點萬物之名》、《讓詩飛揚起來》、《她方》、《林園詩畫光圈》、《微美》、《詩樂翩篇》、《A贏的地味》等書；重要詩作已譯成英、法、韓、日文等。

本文選自《骨皮肉》。《骨皮肉·自序》：「因為很想了解自己、認識女人，於是寫下這樣一本可以暴露的成長記錄，可以認識我所書寫出來的『我』以及部分的『你』。」顏艾琳藉由詩歌的形式，對傳統的性別和情慾進行了徹底的顛覆和批判。她用女性的視角自我審視，同時也對現代女性生存現狀提出扣問。透過人性與慾望的探索、沉思，進而加以昇華，淬鍊成為更知性且成熟的自我，以透視人性的本質。全詩中「販賣機」這一平凡的生活物件，經過詩人深沉的思考後，以詩歌的凝鍊和張力迸發了出來，傳達了詩歌背後意象的衝擊力，引領讀者進入無限悠遠的思索。

思辨與對話

1. 這首詩的販賣機,象徵意義為何呢?為什麼作者要如此表達呢?
2. 請你說說顏艾琳創作這首詩想要表達的主要意涵為何?
3. 生活中有許多值得玩味的事物,除了販賣機,請嘗試運用生活中的事物(如:冰箱、背包、書櫃、鏡子……)為創作題材,試寫一篇300字短文。

 延伸閱讀

1. 顏艾琳:《骨皮肉》,臺北:時報文化,1997年。
2. 顏艾琳:〈宅女的房間〉,《顏艾琳30年自選詩集》,臺北:華品文創,2016年。
3. 顏艾琳:〈文學 Face & Book 第13集:顏艾琳,詩的身體地圖〉,2023年5月15日。
   網址:https://www.youtube.com/watch?v=JRQUlzMXiLU。
4. 簡政珍:《詩的瞬間狂喜》,臺北:時報文化,1991年。
5. 李元貞:《女性詩學──臺灣現代女詩人集體研究 1951～2000》,臺北:女書文化,2000年。

李皇穎老師　撰

垓下之戰

《史記 · 項羽本紀》（節選）

　　項王軍壁[1]垓下[2]，兵少食盡，漢軍及諸侯兵圍之數重。夜聞漢軍四面皆楚歌，項王乃大驚曰：「漢皆已得楚乎？是何楚人之多也！」項王則夜起，飲帳中。有美人名虞，常幸從；駿馬名騅[3]，常騎之。於是項王乃悲歌忼慨，自為詩曰：「力拔山兮氣蓋世，時不利兮騅不逝。騅不逝兮可奈何，虞兮虞兮奈若[4]何！」

---

[1] 壁　駐紮、駐屯。
[2] 垓下　今傳本《史記》或寫作「垓下」，或寫作「陳下」，地名。垓下，在今安徽靈壁縣東南；陳下，在今河南淮陽附近。傳統的主流說法，認為漢軍圍項羽於垓下。
[3] 騅（ㄓㄨㄟ）　毛色蒼白相間的馬。《爾雅 · 釋畜》：「蒼白雜毛，騅。」
[4] 若　人稱代詞。你。

歌數闋[5]，美人和之[6]。項王泣數行下，左右皆泣，莫能仰視。

於是項王乃上馬騎[7]，麾下[8]壯士騎從者八百餘人，直夜[9]潰圍南出，馳走。平明，漢軍乃覺之，令騎將灌嬰以五千騎追之。項王渡淮，騎能屬[10]者百餘人耳。項王至陰陵[11]，迷失道，問一田父，田父紿[12]曰「左」。左，乃陷大澤中。以故漢追及之。項王乃復引兵而東，至東城[13]，乃有二十八騎。漢騎追者數千人，項王自度不得脫，謂其騎曰：「吾起兵至今八歲矣，身[14]七十餘戰，所當者破，所擊者服，

---

[5] 闋（ㄑㄩㄝˋ）　量詞。計算歌或詞曲的單位。
[6] 美人和之　傳說虞姬和歌：「漢兵已略地，四方楚歌聲。大王意氣盡，賤妾何聊生。」
[7] 馬騎（ㄐㄧˋ）　即坐騎。
[8] 麾（ㄏㄨㄟ）下　原指旗下，借指將帥的部屬。麾，用來指揮的旗幟。
[9] 直夜　即當夜。直，有面、當之意。
[10] 屬（ㄓㄨˇ）　跟隨。
[11] 陰陵　縣名。秦置，屬九江郡。治今安徽定遠縣西北。
[12] 紿（ㄉㄞˋ）　欺騙。
[13] 東城　縣名。今安徽定遠縣東南。
[14] 身　親自經歷。

未嘗敗北，遂霸有天下。然今卒[15]困於此，此天之亡我，非戰之罪也。今日固決死，願爲諸君快戰，必三勝之，爲諸君潰圍、斬將、刈旗[16]，令諸君知天亡我，非戰之罪也。」乃分其騎以爲四隊，四嚮[17]。漢軍圍之數重。項王謂其騎曰：「吾爲公取彼一將。」令四面騎馳下，期山東爲三處。於是項王大呼馳下，漢軍皆披靡[18]，遂斬漢一將。是時，赤泉侯[19]爲騎將，追項王，項王瞋目而叱之，赤泉侯人馬俱驚，辟易[20]數里。與其騎會爲三處。漢軍不知項王所在，乃分軍爲三，復圍之。項王乃馳，復斬漢一都尉，殺數十百人，復聚其騎，亡其

---

15 卒　終究。

16 刈（一丶）旗　指砍倒敵人的軍旗。刈，有割取、砍殺之意。

17 嚮　面對。通「向」。《漢書‧項籍傳》於此作「圜陳外嚮」，意謂為圓陣而面向四方。

18 披靡　潰敗逃散的樣子。披，分散、散開。靡，順勢倒下。

19 赤泉侯　即楊喜。漢王二年（西元205），以郎中騎加入漢軍陣營，自杜縣起，歸附韓信。項羽死後，封赤泉侯。赤泉，疑改名自舊南陽郡丹水縣。

20 辟（ㄅㄧ丶）易　退避。辟，通「避」，躲開、迴避。易，指改變狀態。

兩騎耳。乃謂其騎曰：「何如？」騎皆伏曰：「如大王言。」

於是項王乃欲東渡烏江[21]。烏江亭長檥船待[22]，謂項王曰：「江東[23]雖小，地方千里，眾數十萬人，亦足王也。願大王急渡。今獨臣有船，漢軍至，無以渡。」項王笑曰：「天之亡我，我何渡為！且籍與江東子弟八千人渡江而西，今無一人還，縱江東父兄憐而王我，我何面目見之？縱彼不言，籍獨不愧於心乎？」乃謂亭長曰：「吾知公長者。吾騎此馬五歲，所當無敵，嘗一日行千里，不忍殺之，以賜公。」乃令騎皆下馬步行，持短兵[24]接戰。獨籍所殺漢軍數百人。項王身亦被十餘創。顧見漢騎司馬呂馬童[25]，曰：「若非吾故人乎？」

---

21 烏江　即烏江浦，水名，在今安徽和縣東北。
22 亭長檥（ㄧˇ）船待　亭長，秦漢制度每十里一亭，亭有亭長，專責緝捕盜賊。檥，同「艤」，停船靠岸。
23 江東　主要指長江下游以南的區域，包括今江蘇南部、浙江北部及安徽、江西部分地區。
24 短兵　形制較為短小、輕便的兵器，如刀、劍、斧、鉞等。
25 騎司馬呂馬童　騎司馬，官職名，騎兵中掌管法紀者。呂馬

馬童面[26]之，指王翳曰：「此項王也。」項王乃曰：「吾聞漢購我頭千金，邑萬戶，吾為若德。」乃自刎而死。

 導讀

　　「垓下之戰」是楚漢戰爭的最後總決戰，本文由垓下悲歌、東城快戰、烏江自刎三個情節構成，刻畫了項羽末路英雄的形象，流露濃厚的悲劇精神。「力拔山兮氣蓋世，時不利兮騅不逝。騅不逝兮可奈何，虞兮虞兮奈若何！」項羽的垓下悲歌展現了高度的命運意識，也展現其性格中勇悍自負和仁而愛人的兩個面向。在兵少食盡、四面楚歌的困境裡，「乃大驚」、「泣數行下」，直面現實，也是項羽醒覺的開始；從自大的權力意志中看見人類的渺小，於是重新認識、接納命運，並顯現了慈愛的天性和無法保護所愛之人的愧疚。

　　深知這是場必然敗亡的戰役，項羽仍昂然挺立，帶領八百壯士突圍。受五千漢軍追擊，僅剩百餘人，至東城時只餘二十八騎。「自度不能脫」，項羽此時表現的是大難臨頭

童，漢王元年（西元前206），於好時（今陝西永壽縣西南）加入漢軍陣營，歷任郎中騎、騎司馬。嘗從韓信、灌嬰斬殺楚將龍且。項羽死後，得封中水侯。中水，在今河北獻縣西北。
[26] 面　通「偭」（ㄇㄧㄢˇ），背向之意。

無所畏懼的真勇者情懷，以及超越自我中心、面向他者的關懷。他決意為追隨至今的二十八騎而戰，他臨危不亂，以寡擊眾，「潰圍、斬將、刈旗」，三勝漢軍。從「此天之亡我，非戰之罪也」、「令諸君知天亡我，非戰之罪也」，可知項羽對命運的體認，從「時不利」的自然的命運意識轉換為「天亡我」的倫理的命運意識，「非戰之罪」已是深切意識一己「罪惡」的自覺。而烏江亭長的話則讓項羽思索，渡江東不過又是自大的權力意志的展現，是延續征戰、苦天下人民的罪惡；這樣的徹悟，使項羽再次省視自己過去的執著與迷亂。「項王笑曰」，他不再是爭著自立為王的爭權者，而是「倫理自覺所完全再造的新人——悔罪者項羽」。身處窮途末路，心靈卻自由朗然，沒有憤怒激切憂愁自憐，只有對騅馬的關懷和對亭長的友愛。在自知為死地的烏江之畔，項羽沒有絲毫畏懼，衝入敵陣殺漢軍數百，在隨心處置自我生命的「自刎」中完成了自己。（參見柯慶明之說）

 思辨與對話

1. 霸王別姬一段，寫項羽「歌數闋，美人和之。項王泣數行下，左右皆泣，莫能仰視」。其中「泣數行下」，《漢書》改作「泣下數行」，雖然只是略微改動，研究者多認為它的文學效果大不如《史記》，你是否認同？原因何在？

2. 請以「垓下之戰」為例，分析司馬遷寫項羽遭遇困厄、身陷絕境時，是如何細緻地描述其抑鬱的心境和善良的倫理醒覺，同時在文中哪些地方渲染著濃厚的悲壯氣氛。

3. 項羽垓下悲歌，其中既有著「力拔山兮氣蓋世」豪邁的英雄氣慨，也籠罩著「時不利兮騅不逝」悲涼的無奈感嘆。豪邁和悲涼本是兩種對立的情感，在本詩既矛盾又統一，請剖析詩中項羽自我意識的理性探索和情感狀態。

 延伸閱讀

1. 〔唐〕杜牧〈題烏江亭〉

   勝敗兵家事不期，包羞忍恥是男兒。

   江東子弟多才俊，捲土重來未可知。

   〔宋〕李清照〈夏日絕句〉

   生當作人傑，死亦為鬼雄。

   至今思項羽，不肯過江東。

   〔清〕黃景仁〈烏江項王廟〉

   美人駿馬甫沾襟，遽使江東阻壯心。

   子弟重來無一騎，頭顱將去值千金。

   誰言劉季真君敵，畢竟諸侯負汝深。

   莫向寒潮作悲怒，歌風臺址久消沉。

2. 方瑜：〈項羽——超級明星〉，收入蕭蕭、呂正惠編：《中華現代文學大系‧評論卷《壹》》，臺北：九歌出版社，1989年。

3. 林聰舜：〈狂飆英雄的崛起與殞落〉，《史記的人物世界》[三版]，臺北：三民書局：2020年。

4. 柯慶明：〈論項羽本紀的悲劇精神〉，《文學美綜論》，臺北：國立臺灣大學出版中心，2020年。

5. 〔日〕吉川幸次郎著，章培恒等譯：〈項羽的垓下歌〉，《中國詩史》，上海：復旦大學出版社，2012年。

6. 張愛玲：〈霸王別姬〉，收入《中國現代歷史小說大系》第四卷（中短篇小說卷四），石家莊：河北人民出版社，1999年。

詹千慧老師　撰

抱負

楊牧

　　南下的大客車在高速公路上疾駛，窗外豪雨狂飛，打在玻璃上，瞬息積成水流，從左上角瀉向右下，在規則的扭動中創造偶現的形象，變幻的游龍。車子裏旅客不多，可是也早已吞吐呼息把所有玻璃窗都罩上一層霧。我擦拭座位旁的一面，想看風景，只見豪雨在玻璃上刻畫形象，風景掩藏在煙霧，流水，和游龍後面。

　　車子剛過泰山不久，感覺是在上坡，然而速度那麼快，又不像是上坡。也許速度並不快，只是豪雨使我的判斷產生錯誤吧。中午離家前收到你的信，匆匆看了一遍，知道你是一個對詩充滿理想和抱負的青年。我又把你的信取出來，想多了解你一些——我必須多了解你，才能和你談論那些問題，何況你的熱情於倉促間已經教我覺得，好像你並不是一個陌生的年輕人，彷彿你就是多年以前的我；然則我對那個隨

歲月逝去的我是否能夠記憶呢？我不免覺得今天的我和過去的我，也是需要以感情和思想來溝通的了。你說你出生在高雄鄉間，現在是一個厝住於城市的高中生；離家就學的目的是爲了畢業後可以考上一個比較好的大學。這種尷尬辛苦我沒有經驗過，我想像那是不太容易的。「然而我每天花了太多時間在思考詩的問題，」你又說：「我有文學的理想和抱負。」我也曾經在你這年紀體驗了文學的理想和抱負如何襲向一顆敏感的心，所以這一點我就完全了解了。讓我就這樣大膽對你說吧，我是了解你的。

　　一個剛剛能夠有系統地觀察環境，剛剛知道思考之可貴的男孩，像你這樣，一個敏感好奇的少年，竟於人間許多事務中選擇了文學，對詩之做爲生命的一種表現，產生信心，甚至規劃出理想，以詩的創造爲抱負──這是多麼令人擔憂的一件事！是的，我的第一個反應是我爲你的抱負覺得不安。你可能不知道我爲什麼對你的樂觀進取，竟提出這麼一個悲觀保守的解釋；但我是想假設你就是昔日之我，這樣便能讓我回顧反省，而猛然間，我也憶起少年時代因爲那相似的選擇，確實遭遇到許多別人不必遭遇的困頓。然而，雖則困頓迭起，我曾通過那些；你將遭遇同樣的

一切，我這樣想，你也將通過那一切。也許我更必須為你驕傲才是。

　　我記得以詩爲抱負的少年是比較落寞些，比較孤獨些。這是我們親身的體驗，也是人世間自有詩人這行業便難免的現象。根據蘭姆（Charles Lamb）[1]的回憶，英國浪漫時代最敏銳的心靈，神秘深沉的詩人柯律治（Samuel Taylor Coleridge）[2]，中學時代就以早熟焦慮，以落寞孤獨見稱於同學之間。他懂得太多了，別人不注意觀察的，不屑於思索的問題，正是他汲汲追求的課目；然而他也懂得太少了，在羣體的生活裏，往往是一顆失落的靈魂。少年詩人行走於熙攘的校園，似乎未曾參與那校園，因爲他活在另外一個世界，他亟於規劃建置的理想世界。可是規劃一個理想，建置一個可以生息於斯的世界談何容易？他是現

---

[1] 蘭姆　查爾斯・蘭姆（Charles Lamb，1775～1834），英國詩人、散文家、評論家。曾在基督教醫院慈善學校接受教育，與同在此處的柯勒律治結爲至交。代表作有詩歌〈曇花一現的嬰兒〉、散文集《以籟雅隨筆》，以及與姊姊瑪麗・蘭姆共同改編的《莎士比亞戲劇故事集》。

[2] 柯律治　山繆・泰勒・柯勒律治（Samuel Taylor Coleridge，1772～1834），英國詩人、評論家。英國浪漫主義文學奠基人之一，中年以後又研究德國唯心主義哲學。代表作有〈古舟子詠〉、〈忽必烈汗〉等詩歌及文學評論集《文學傳記》。

實活動的局外人，卻是幻想國度的主宰。他虛實往返於自我的內心，衝突着，日以繼夜地交戰着，這一切提升了他精神的層次，卻磨損了他的健康。柯律治進了劍橋大學以後，同樣無法接受一般英國紳士所追求的學院生活；他的知識比別的學生豐富，他的感觸比別的學生深刻，可是他不適合接受任何僵化的制度。終其一生，他是一個敏感博學的，卻又絕對孤獨的理想主義者，不能見容於凡夫俗子。他在文學史上佔了重要一席位，可是他遭遇了太多的打擊，太多的挫折。你怕不怕打擊？怕不怕挫折？你能堅持一生維護你的理想，施展你的抱負嗎？

我想你一定回答說：我能。

車窗外的雨在我不自覺中停了。司機的雨刷還在誇張地撥着，有人開窗透氣，玻璃上的霧氣退了大半。我看窗外，車子剛到三義山區，四處又蒙着淡漠的煙。雨後的山嶺一片蒼翠，即使是冬天，也透露了無窮的生命；我可以想像溪澗裏泛滿流水，不知如何迅速地趕着向田野裏灌注。農夫乘雨後豐盈的水勢，正在努力翻土：也許他們早在豪雨中就開始工作了，遠看都穿戴着雨具。我還看得見飛鳥在田野裏盤旋起落，竹林，相思樹，木麻黃，磚砌的老房子。

假如你真覺得你可以堅持一生，能認真維護你的

理想，勇於施展你的抱負，我就不必爲你憂慮了。

我不但不必爲你憂慮，我甚至應該爲你高興。詩是宇宙間最令人執着，最值得我們以全部的意志去投入，追求，創造的藝術。它看似無形虛幻，卻又雷霆萬鈞；它脆弱而剛強，瞬息而永恆；它似乎是沒有目的的，游離於社會價值以外，飄浮於人間徵逐之外，但它尖銳如冷鋒之劍，往往落實在耳聞目睹的悲歡當下，澄清詭僞的謊言，力斬末流的巧辯，了斷一切愚昧枝節。詩以有限的篇幅作無窮的擴充，可以帶領你選擇眞實。

這些你大概也想過了，因爲你既然是昔日之我，我便能揣摩你的心思。我只以我這些年份的觀察和考量，爲你整理一個頭緒，一個簡單的正面的可以肯定的頭緒。我很高興你有一份文學的理想，而且我從你筆意清晰層次分明的來信可以推斷，你是一個冷靜的少年，雖然你對詩的創造是帶着奉獻的狂熱。惟有在冷靜時刻下定的決心，才可能持久。你應當不是率性潦草的人，我看你的信便明白你大半的人格，是眞摯的，熱衷的，而且確實是勇於維護理想並努力施展抱負的人。我很高興能夠在我兩鬢開始花白的時候認識你。

我們以詩的創造爲抱負，但抱負大小必須有理

想的嚮導。人間喧嚷，眾口滔滔，詩人能在這現實社會裏引起甚麼樣的作用？你這樣質問我，正好碰到了我多年沉思疑惑的一藝術生命的環節，錯綜複雜，甚至因為我自己過份的關懷，它是生澀硬化的，我不知道怎麼樣來撫觸它，鬆弛它，使它鏗鏘散開，趨向明朗。

　　詩人應該有所秉持。他秉持甚麼呢？他超越功利，睥睨權勢以肯定人性的尊嚴，崇尚自由和民主；他關懷羣眾但不為羣眾口號所指引，認識私我情感之可貴而不為自己的愛憎帶向濫情；他的秉持乃是一獨立威嚴之心靈，其渥如赭，其寒如冰，那是深藏雪原下一團熊熊的烈火，不斷以知識的權力，想像的光芒試探着疲憊的現實結構，向一切恐怖欺凌的伎倆挑戰，指出草之所以枯，肉之所以腐，魑魅魍魎之所以必死，不能長久在光天化日下現形。他指出愛和同情是永恆的，在任何艱苦的年代；自由和民主是不可修正刪改的，在任何艱苦的年代。這些只有一個不變的定義——詩人以他文字音聲的創造，必須參與其中賦予它不變的，真正的定義。

　　詩人服膺美的嚮導，但美不只是山川大自然之美，也必須是人情之美。他創造美，不只創造藝術之美，更須創造人情之美。他和其他崇尚知識的人一

樣，相信真理可以長存，敦厚善良乃是人類賴以延續生命的惟一的憑藉，而弱肉強食固然是野獸的行徑，黨同伐異，以不公正的方式驅使社會走向黑暗的道路，一定是淫邪醜陋的。詩人必須認識這些，並且設法揭發它，攻擊它。他通過間接的甚至寓言的方式來面對人類社會和山川自然，他不躁進也不慵懶，不咒罵也不必呻吟，通過象徵比喻，構架完整的音響和畫幅。當他作品完成的時候，他獲取藝術之美；而即使作品的內容是譴責控訴，他所展開的是人性之善；即使作品的技巧迂迴於隱喻和炫耀的意象之中，他所鼓吹的是真。

你有理想和抱負，你要創造完美的文學，永恆之詩。這些我可以明白，但完美的文學永恆之詩必須有它哲學的基礎，必須立足在人性尊嚴的肯定。我並不要求你凡事緊張，以寫作哲學論文或政治批評的方式寫詩；你可以使用多種手法，通過各種技巧，或舒緩或慷慨，以抒情的或戲劇的聲音表達你心神之體悟。你既然有為永恆之詩獻身的理想，有創造完美的文學的抱負，你便不致於失落在世俗之中，你的作品便不會淪落為政治的，宗教的，財閥的工具。你的作品是你人格良知的昇華，見證你所抉擇的生命的意義。

雨停了以後，高速公路兩邊的農莊，山嶺，河

流，和田野都煥發着生命。大客車疾駛南下，過了苗栗，在臺中附近出了交流道，把我放在一山緣路邊。我站在那裏左右環顧，幾乎不認識這就是我曾多年徜徉的大度山。我第一次來到這裏的時候，只比你現在大兩歲，行李中包紮着一疊詩稿，和一本相當鼓脹的剪貼簿；我從更遙遠的鄉村出發，一般的知識絕不如現在的你那麼豐富——只有理想和抱負，是的，我那時所保有的理想和抱負必然和你今天相同。詩是必須追求的，雖然那時我真不知道如何去追求。

　　黃昏，我從校友會館走出來，看到很多學生在趕路。他們不認識我。我的腳步比他們緩慢，因為我維持着昔日校園行走的速度；那時山上人少，生活情調閒適，腳步總是緩慢的。你和他們的年齡接近，更具有進取的心志；你會更快，在短時間裏趕上他們，並且趕上我；而且我希望你很快就超越我。校園綠樹蔥蘢，我漫無目的，行走於學院圍牆之間。有時我駐足細看迴廊和花架，或遠遠瞭望草坪上錯落的林木。我記得曾經穿行於那些樹木之間，書在手上，詩在書裏。如今樹木已經遠遠高過我的頭，我的頭上也有了星星白髮，然而書還是在我手上，詩依然在我書裏。

　　我今夜很懷舊地寫這封信給你，帶着喜悅和期待。我不知道是不是已經解答了你一些問題，但卻發

覺我已經為自己解答了一些問題。你是昔日之我，我希望未來之你不僅止今日之我。

一九八四、三

選自洪範版《一首詩的完成》

 導讀

　　楊牧（1940～2020），本名王靖獻，臺灣花蓮人，詩人、散文家、評論家、翻譯家、學者。東海大學外文系學士、美國愛荷華大學創作碩士、柏克萊加州大學比較文學博士。曾任教於麻州大學、西雅圖華盛頓大學、國立臺灣大學，擔任東華大學人文社會科學學院創院院長、中研院中國文哲研究所特聘研究員兼所長。中學時有志於新詩創作，負責主編詩刊；早年筆名葉珊，三十二歲改筆名為楊牧。曾獲多項臺灣及國際文學獎、文藝獎，詩文被譯為多國文字。又曾擔任志文出版社新潮文庫主編，為臺灣社會引進西方新思潮；與友人創辦之洪範書店，則是臺灣純文學出版的代表。

　　本文選自《一首詩的完成》（洪範書店，1989）。此書原題「給青年詩人的信」，共十八篇，是對「詩」的整體思考與分析，但涉及的層面和議題十分豐富。本文透過一位高中生來信，說明以詩的創作為抱負需有理想的嚮導，並談論詩人在現實社會的作用。詩人的秉持是一獨立威嚴的心

靈，他運用文字音聲，以知識想像試探現實結構，肯定愛與
同情、自由與民主的永恆性、正當性，服膺山川自然人情之
美。透過象徵比喻，詩人獲取的是藝術之美；即使是譴責控
訴，他展開的是人性之善；即使迂迴於隱喻和意象，所鼓吹
的是人性之真。詩人有為永恆之詩獻身的理想，有創造完美
的文學的抱負，其作品是人格良知的昇華，見證個人抉擇的
生命意義。身為詩人，這同時是楊牧自我心靈的剖析；作為
讀者，「可以堅持一生」，「能認真維護理想、勇於施展抱
負」，則是我們最深切的盼望。「詩的重擊彷彿霜天鐘鳴，
於淒寒的宇宙催響窅門，喚起神經，探索深邃和遙遠，朝向
一切可能和不可能。」（見此書後記）詩人通過詩歌將自己
對社會、對各種問題的看法充分表達出來，而每一個人也是
廣義的詩人，可以透過各種形式參與、響應社會。

 思辨與對話

1. 請結合〈閒適〉、〈古典〉或〈右外野的浪漫主義者〉等篇
   章，談談楊牧賦予「詩人」的高義。
2. 楊牧編有《豐子愷文選》（1982），並在該書序言禮讚豐子
   愷「具備了文學家的想像力，藝術家的敏感；而且，他更一
   生保有無限的愛心和同情。」請舉豐子愷散文為例，具體說
   明文學家的敏感洞識。

📖 延伸閱讀

1. 楊牧〈古典〉、〈閒適〉（《一首詩的完成》，1989）、〈右外野的浪漫主義者〉（《葉珊散文集》自序，1977）、〈有人問我公平與正義的問題〉（《有人》，1986）。

2. 楊牧：《疑神》，臺北：洪範書店有限公司，1993年。

3. 楊牧：《奇萊前書》，臺北：洪範書店有限公司，2003年。※本書為作者三部自傳體散文集之合帙：《山風海雨》（1987）、《方向歸零》（1991）、《昔我往矣》（1997）。

4. 〔德〕里爾克（Rainer Maria Rilke，1875～1926）著，馮至譯：《給青年詩人的信》，臺北：聯經出版公司，2004年。

5. 黃崑巖：《給青年學生的十封信》，臺北：聯經出版公司，2006年。

6. 朱敬一：《給青年知識追求者的信》，臺北：聯經出版公司，2006年。

7. 國立東華大學建置：「楊牧書房」
   網址：https://yangmulibrary.com.tw/index.php。
   國立中興大學人社中心數位團隊策劃：「楊牧數位主題館」
   網址：http://yang-mu.blogspot.com/p/biography.html。

詹千慧老師　撰

題孔子像於芝佛院

〔明〕李贄

　　人皆以孔子爲大聖，吾亦以爲大聖；皆以老、佛爲異端[1]，吾亦以爲異端。人人非眞知大聖與異端也，以所聞於父師之教者熟[2]也；父師非眞知大聖與異端也，以所聞於儒先[3]之教者熟也；儒先亦非眞知大聖與異端也，以孔子有是言也。其曰：「聖則吾不能」[4]，是居謙[5]也；其曰「攻乎異端」[6]，是必爲老與佛

---

[1] 異端　指違背孔聖儒家的思想學說。

[2] 熟　熟知，留有深刻印象。

[3] 儒先　即先儒，儒家前輩學者。

[4] 聖則吾不能　語出《孟子·公孫丑》上篇：「孔子曰：聖則吾不能，我學不厭而教不倦也。」

[5] 居謙　懷著謙虛的態度。

[6] 攻乎異端　語出《論語·為政》篇：「子曰：攻乎異端，斯害也已。」攻，攻擊、批判。

也。

　　儒先億度[7]而言之，父師沿襲而誦之，小子矇聾[8]而聽之。萬口一詞，不可破也；千年一律，不自知也。不曰「徒誦其言」[9]，而曰「已知其人」[10]；不曰「強不知以爲知」[11]，而曰「知之爲知之」[12]。至今日，雖有目[13]，無所用矣。

　　余何人也，敢謂有目？亦從眾[14]耳。既從眾而聖之[15]，亦從眾而事之，是故吾從眾事孔子於芝佛之院。

---

[7]　億度（ㄉㄨㄛˋ）　私自主觀猜測。億通「臆」；度，揣度。

[8]　矇聾　喻愚昧無知。失明曰矇，失聰曰聾。

[9]　不曰「徒誦其言」　不說自己只是跟著人家話語這樣說。

[10]　而曰「已知其人」　卻說已經知道其人之所以為聖人，其人之所以為異端。

[11]　強不知以為知　明明不知卻硬要裝懂。強，勉強、硬要。

[12]　知之為知之　指真正明白之意。語出《論語‧為政》篇：「知之為知之，不知為不知，是知也。」

[13]　目　本指眼睛，這裡指眼光、眼力，即正確判斷是非的能力。

[14]　從眾　隨從眾人流俗。

[15]　聖之　尊孔子為聖人。此處「聖」當動詞。

導讀

　　李贄（1527～1602），號卓吾，又號宏甫，福建泉州南安人，生於明嘉靖六年，死於明萬曆三十年，享年七十六歲。嘉靖三十一年（1552）舉人，不應會試。歷任南、北京國子監教官、博士，萬曆初為雲南姚安知府。四年任滿棄官，寄寓黃安、麻城等地。在麻城講學時，從者數千人，中雜婦女，晚年往來南北兩京等地，被誣，下獄，自刎死在獄中。李贄學術思想涵蓋儒釋道，著作較著者有《焚書》、《續焚書》、《藏書》、《續藏書》等。

　　李贄自幼就表現一種不受拘束的叛逆性格，及長，在官場更見識一干假道學的官員，因此常不假辭色，口誅筆伐，批判當時士子官員，也批評造成這種虛偽知識分子的傳統社會與制度。欣賞他的人謂為珍奇，討厭他的人認為他是應該予以剷除消滅的異端狂夫。他的著作在明清時期也常被朝廷禁燬，但禁者自禁，民間士大夫則傳者自傳，甚至傳至日本。

　　本文選自李贄《續焚書》。寫於萬曆十六年（1588）。芝佛院在今湖北省麻城市龍潭湖，是李贄的私人佛堂，為其禮佛、著書、講學之所。本文藉聖人與異端兩個概念，對俗儒和假道學的虛偽無知，冷嘲熱諷；也對一般人的盲從附和，不能獨立思考，感到惋惜和憐憫。芝佛院本是一座佛堂，李贄卻在堂上掛了孔子聖像。在文章的最後李贄以反諷

的口吻，說自己不敢「有目」，只好「從眾」，從而在佛堂供奉孔子，顯示出處在這種時代的無奈悲哀與荒謬可笑。整篇文字亦莊亦諧，十分犀利辛辣。

 ## 思辨與對話

1. 依本文「聞於父師之教」與「真知」有什麼不同？
2. 試論述學習與思考的關聯。
3. 你覺得應如何培養獨立自主思維能力？

 ## 延伸閱讀

1. 龍應台：〈幼稚園大學〉，《野火集》，臺北：時報出版，2023年。
2. 張國洋、姚詩豪：《大人學選擇：成熟大人的獨立思考術（暢銷增訂版）》，臺北：時報出版，2022年。
3. 〔日〕岡田昭人著，邱香凝譯：《牛津人的30堂獨立思考與精準表達課》，臺北：商周出版，2016年。

呂光華老師　撰

顏回偷食

〔戰國〕《呂氏春秋‧審分覽》（節選）

孔子窮¹乎陳、蔡²之間，藜³羹⁴不斟⁵，七日不嘗粒，晝寢⁶。顏回⁷索⁸米，得而爨⁹之。幾¹⁰熟，孔子望見顏回攫¹¹其甑¹²中而食之。選

1　窮　受困。
2　陳、蔡　春秋時代的陳國與蔡國。
3　藜　野草，這裡指野菜。
4　羹　湯。
5　不斟　不能舀取到。
6　寢　睡覺。
7　顏回　字子淵，春秋末期魯國人（西元前521年～西元前481年）。為孔子最讚賞的弟子，孔門四科中列於「德行」之科，居孔門七十二賢之首，後世尊稱為「復聖」。
8　索　找。
9　爨（ㄘㄨㄢˋ）　升火煮飯。
10　幾（ㄐㄧ）熟　差不多。
11　攫（ㄐㄩㄝˊ）　用手抓取。
12　甑（ㄗㄥˋ）　古代蒸飯的一種陶器。

間[13]，食熟，謁[14]孔子而進食。孔子佯[15]為不見之，孔子起曰：「今者夢見先君[16]，食潔而後饋[17]。」顏回對曰：「不可。向者[18]煤炱[19]入甑中，棄食不祥，回攫而飯[20]之。」孔子歎曰：「所信者目也，而目猶不可信；所恃[21]者心也，而心猶不足恃。弟子記之，知人固不易矣。」故知非難也，孔子之所以知人難也。

 導讀

　　呂不韋（西元前292年～西元前235年），姜姓，呂氏。呂尚（姜子牙）後裔，戰國末年巨商，因資助居趙為質的秦國公子子楚由趙返秦繼任王位（後人稱秦莊襄王），受封為文信侯，任相國。秦莊襄王去世後，太子政繼位為秦

---

[13] 選間　片刻、一會兒。
[14] 謁（一ㄝˋ）　拜見。
[15] 佯（一ㄤˊ）　假裝。
[16] 先君　祖先。
[17] 饋（ㄎㄨㄟˋ）　送食物給尊長。
[18] 向者　先前、剛才。
[19] 煤炱（ㄊㄞˊ）　煤灰。
[20] 飯　吃，動詞。
[21] 恃　依靠、憑藉。

王，仍尊呂不韋爲相邦，權傾天下，並主編《呂氏春秋》，召集門下賓客學者合力撰寫而成。全書統攝融貫先秦諸子百家學說思想，集其大成，而以道家的「無爲」學說爲核心，爲先秦雜家代表作之一。

這則「顏回偷食」的故事，描述孔子誤會顏回偷食的經過。在這則故事中，孔子無意間瞄到負責煮飯的弟子顏回疑似「偷吃米飯」，幸好孔子以不動聲色的方式，假藉交代顏回準備乾淨的米飯以祭祀祖先，才了解顏回因惜食，把飯鍋裡沾染煤灰的髒飯吃掉的眞相。這件事，讓孔子體悟到：雖然「眼睛所見」是認識「人的行爲」的依據，但是「眼睛所見」其實也有它的侷限性，未經查證和再確認的過程，容易發生錯誤理解和誤判。

這則故事告訴我們：「眼見不可爲憑」。要了解一個人，不能僅憑「眼睛所見」的表象行爲，還需要學習更多的認識方法，並具備對事物本身和行爲表象進行謹慎查證的態度，避免自己主觀的判斷，這樣才能了解事物的眞相，正確地「知人」。

 思辨與對話

1. 這篇短文，有生動的人物動作及對話描寫，請依本文情境，試著分析顏回和孔子兩者動作和對話的細微處，以及事件前後孔子情感和思想上的變化。

2. 為什麼我們眼睛看到的，不一定可信？請舉出一則生活中「眼見不一定可信」的例子或故事。

3. 除了「眼見」不一定可信之外，「耳聽」也不一定可信。請問當我們接收外在的訊息時，我們應該如何判斷與理解它？

4. 為什麼了解一個人（知人）很難？要真正了解一個人（知人），有哪些方法？

 延伸閱讀

1. 《孔子家語》卷五〈困厄〉第二十。

2. 《論語·學而》第十六章。子曰：「不患人之不己知，患不知人也。」、《論語·為政》第十章。子曰：「視其所以，觀其所由，察其所安。人焉廋哉？人焉廋哉？」《論語·季氏》第十章。孔子曰：「君子有九思：視思明，聽思聰，色思溫，貌思恭，言思忠，事思敬，疑思問，忿思難，見得思義。」《論語·衛靈公》第二十八章。子曰：「眾惡之，必察焉；眾好之，必察焉。」

3. 王磊：〈名人軼事曾國藩的識人之術〉，《人間福報》，「名人軼事」專欄，2010年1月13日。
網址：https://www.merit-times.com/NewsPage.aspx?unid=162532。

4. 資訊識讀「眼見不一定為憑」
網址：https://www.youtube.com/watch?v=_wqd-uUM6w4。

5. 林芳穎：〈製造假新聞，我也推過一把？——從業界現場，看臺灣「媒體識讀」現況〉，《換日線》季刊，2023年3月28日。

網址：https://crossing.cw.com.tw/article/17470。

6. 《小黑啤玩臺灣‧臺東篇：找石器》繪本（長濱文化×培養媒體識讀能力），臺灣吧Taiwanbar出版社，2022年6月。

吳伯曜老師　撰

單元二

人間情事

寫在前面

　　唐代王勃道經滕王閣時，應友人之邀，出席宴會，臨別前寫下「勝地不常，盛筵難再」的句子，透露出人與人的相處如微露，今日繁榮的都市，轉眼間都可能成爲丘墳。吾人的聚散固然不易預測，所以應該把握當下。

　　在未來偶然的夜晚，或許我們會憶起那份曾經執著不容分割的情愫，恰似《詩經》〈狡童〉，訴說著兩小無猜相思的歡愉之苦。愛情總是多磨，而思念猶如春草，綿延大地，〈伯兮〉懸念千里征戰的丈夫，滿首蓬髮，剪不斷的煩惱三千，只爲伊人。在情感撲朔迷離之際，悄悄長大了，踏入社會，職場的糾結，令人左右爲難，〈李逵大鬧重陽宴〉，講述梁山泊百八條好漢，面對是否放棄自在的生活而投靠政府，內部有不同的聲音。宋江身爲梁山泊頭領，一心想要「棄暗投明」，惹來下屬對他領導的質疑。只有面對家人眞摯的情感，才能卸下面具，豐子愷的〈阿難〉是他那緣份短淺的兒子，眼見兒子一生只有一次心跳，作者內心千迴百轉，思索生命在蒼穹間的意義。生命的意義何在？在於傾聽自己的聲音，〈原鄉人〉記述作者追求祖國大陸的情懷，卻又強調自己不是愛國主義者，這種充滿不可理喻的情感，在

今天是難以承受的，卻瀰漫在當時的日治時代。談國族太過沉重，還是在家庭和藹些，但是人生矛盾無所不在，可曾記得？當我們暫時失去已然習慣的人事物時，心中頓時充滿悔意，當熟悉的味道回來後，又急急忙忙離去，〈鐘擺〉正寫出大家普遍的這種個性，在安與不安之間，來回擺盪。

　　人間情感是交織的線，千絲萬縷，纏繞手心，當從何解起呢？人生迷惘，又誰能無之呢？如果說與他人相處，便是要續上一段緣份，那麼珍惜彼此相聚時刻，好好喧囂一場吧！

　　　　　　　　　　　　　簡承禾老師　撰

古典愛情詩選

狡童

《詩經‧鄭風》

　　彼狡童[1]兮，不與我言兮。
　　維[2]子之故，使我不能餐兮。

　　彼狡童兮，不與我食兮。
　　維子之故，使我不能息[3]兮。

---

[1]　狡童　狡滑的少年。此處是對情人的暱稱。《詩經‧鄭風‧山有扶蘇》：「不見子充，乃見狡童。」
[2]　維　通「惟」。以、因為，介詞。
[3]　息　呼吸、喘氣。此處指氣息通暢的樣子。

伯兮

《詩經·衛風》

伯[4]兮揭[5]兮，邦之桀[6]兮。
伯也執殳[7]，為王前驅[8]。

自伯之[9]東，首如飛蓬[10]。
豈無膏沐[11]？誰適為容[12]！

其[13]雨其雨，杲杲[14]出日。

4　伯　原指兄長，亦是周代女子對丈夫的稱謂。
5　揭（ㄐㄧㄝˋ）　英武健壯的樣子。《詩經·衛風·碩人》：
　　「庶姜孽孽，庶士有揭。」
6　桀　才智出眾的人。通「傑」。
7　殳（ㄕㄨ）　古代一種竹木製成的兵器，形狀如竿，長一丈二
　　尺，有稜無刃。
8　為王前驅　王，指諸侯國的君主。前驅，在前引導之人。此處
　　指在戰車兩旁守衛、保護統帥。
9　之　往也。
10　飛蓬　隨風四散飄飛的蓬草，比喻凌亂的頭髮。
11　膏沐　用來洗滌、潤澤頭髮的米汁和膏油。
12　誰適（ㄉㄧˊ）為容　適，專主、作主，或作悅也。意謂修飾容
　　貌是為了給誰看或是為了取悅誰？
13　其　表示期望的語氣。
14　杲（ㄍㄠˇ）杲　日光明亮的樣子。

願言思伯[15]，甘心首疾[16]。

焉得諼草[17]，言樹之背[18]？
願言思伯，使我心痗[19]。

 導讀

　　本篇分別選錄自《詩經·國風》的「鄭風」與「衛風」。國風是從當時各諸侯國採集而來的民間歌謠，這兩首作品都與男女感情有關。〈狡童〉是一首女子埋怨戀人的詩歌，全詩共二章。年輕男女相戀，難免有意見不合、產生小摩擦的時候，於是賭氣不和對方說話，疏遠對方。狡童，正是氣惱之中仍帶親暱的稱呼。沒人陪伴說話、吃飯，女子食無甘味，寢不安席，既傷感自己形單影隻，又埋怨對方不懂自己心意，竟不來安撫示好。此詩使用「賦」的手法，意旨

---

[15] 願言思伯　即「言願思伯」。願，每也；言，我也。參見《詩經·邶風·二子乘舟》：「願言思子。」

[16] 甘心首疾　甘心，憂心、勞心、痛心也。首疾，頭痛。即痛心疾首之意，形容思念之苦。

[17] 焉得諼（ㄒㄩㄢ）草　焉，何也，此指何處。諼草，即萱草，多年生草本植物，花未全開時可採作菜食，又名黃花菜、金針菜。古人認為它可使人忘憂，故又稱忘憂草。

[18] 言樹之背　言，而、乃也。樹，栽種、種植。背，通「北」，此處指北堂階前。

[19] 痗（ㄇㄟˋ）　病也。

表達卻是含蓄。不與我言語、不與我同食，使我不能餐、使我不能息，看似未明言其意，其意已寓於字裡行間。

〈伯兮〉則是一首女子思念遠征丈夫的詩歌，全詩共四章，後三章集中寫一「思」字。首章盛讚丈夫是邦國中才智出眾的勇武之人，在出征隊伍裡負責保衛統帥。人前榮耀非凡，卻抵不過夫妻分別之苦。於是次章反觀己身，蓬頭亂髮，是因丈夫遠征，故而無心梳洗打扮，與先前以丈夫自豪的態度形成對比。三章、四章強化孤獨憂思之苦：以祈求下雨卻日日天晴說明事與願違，思念殷切，以至於頭疼；希望藉種植萱草解憂，但仍難排遣心中痛苦。從髮亂到頭痛、心痛，層層遞進，怨思之苦、情意之深，躍然紙上。這首相思成疾的情詩，不但展現了一個性情真切、情感執著的女性形象，同時也對後世的閨怨念遠之作帶來極大影響。《詩經》中大部分的戰爭詩都是反戰的，有關戰鬥的英雄事蹟所佔極少；抒情的主體，往往是因戰爭造成生離死別而引發的思鄉念親之情，故此詩也可說是一首典型的反戰詩。

 思辨與對話

1. 近人錢鍾書《管錐編》說：「〈子衿〉云：『縱我不往，子寧不嗣音？』『子寧不來？』薄責己而厚望於人也。已開後世小說言情心理描繪矣。」何謂「薄責己而厚望於人」？此詩與〈狡童〉同出於「鄭風」，試說明二者言情心理的描繪。

2. 〈伯兮〉對後世閨怨念遠一類作品影響深遠，如「自君之出矣，明鏡暗不治」（徐乾〈雜詩〉）、「衣帶漸寬終不悔，為伊消得人憔悴」（柳永〈鳳棲梧〉）、「起來慵自梳頭」（李清照〈鳳凰臺上憶吹簫〉）等，皆是化用〈伯兮〉句意。試以前述的古典詩詞例子說明之。

3. 試比較〈伯兮〉與唐人王昌齡〈閨怨〉、溫庭筠〈憶江南〉（梳洗罷）中的女子形象與個性。

4. 〔法〕羅蘭・巴特（Roland Barthes, 1915～1980）著名的愛情論述《戀人絮語》，其中談到「等待」（等約會，信箋，電話，歸來）──「情人不經意的拖延，卻引起了這邊的搔首踟躕。」請舉出流行歌曲中類似情境的歌詞。

 ## 延伸閱讀

1. 《楚辭・九歌・山鬼》、〔唐〕王昌齡〈閨怨〉、〔唐〕溫庭筠〈憶江南〉（梳洗罷）。

2. 李山著：《大邦之風：李山講《詩經》》，北京：中華書局，2019年。

3. 〔日〕川合康三著，趙偵宇、黃嘉欣譯：《中國的詩學》，第十章「戀愛文學」，臺北：政大出版社，2021年。

4. 〔法〕羅蘭・巴特（Roland Barthes）著，汪耀進、武佩榮譯：《戀人絮語》，臺北：商周出版社，2010年。

詹千慧老師　撰

李逵大鬧重陽宴

《水滸傳》第七十一回（節選）／〔明〕施耐庵

　　再說宋江自盟誓之後，一向不曾下山，不覺炎威已過，又早秋涼，重陽節近，宋江便叫宋清安排大筵席，會眾兄弟同賞菊花，喚做菊花之會。但有下山的兄弟們，不論遠近，都要招回寨來赴筵。至日，肉山酒海，先行給散馬步水三軍一應[1]小頭目人等，各令自去打團兒[2]吃酒。且說忠義堂上遍插菊花，各依次坐，分頭把盞[3]。堂前兩邊篩鑼擊鼓，大吹大擂，語笑喧譁，觥籌交錯，眾頭領開懷痛飲。馬麟品簫，樂和唱曲，燕青彈箏，各取其樂。不覺日暮，宋江大醉，叫取紙筆來，一時乘著酒興，作〈滿江紅〉一詞。寫畢，令樂和單唱這首詞曲，道是：

　　喜遇重陽，更佳釀今朝新熟。見碧水丹山，黃蘆

---

[1] 一應　一切、全部。
[2] 打團兒　聚在一夥。
[3] 把盞　敬酒或喝酒。

苦竹。頭上盡教添白髮，鬢邊不可無黃菊。願樽前長敘弟兄情，如金玉。統豺虎，御邊幅。號令明，軍威肅。中心願，平虜保民安國。日月常懸忠烈膽，風塵障卻奸邪目。望天王降詔，早招安，心方足。

　　樂和唱這個詞，正唱到「望天王降詔，早招安」，只見武松叫道：「今日也要招安，明日也要招安去，冷了弟兄們的心！」黑旋風便睜圓怪眼，大叫道：「招安，招安，招甚鳥安！」只一腳，把桌子踢起，攧[4]做粉碎。宋江大喝道：「這黑廝[5]怎敢如此無禮？左右與我推去，斬訖報來！」眾人都跪下告道：「這人酒後發狂，哥哥寬恕！」宋江答道：「眾賢弟請起，且把這廝監下。」眾人皆喜。有幾個當刑小校[6]，向前來請李逵。李逵道：「你怕我敢掙扎？哥哥殺我也不怨，剮我也不恨，除了他，天也不怕。」說了，便隨著小校去監房裡睡。

　　宋江聽了他說，不覺酒醒，忽然發悲。吳用勸道：「兄長既設此會，人皆歡樂飲酒，他是個粗鹵

4　攧（ㄉㄧㄢ）　跌撲。
5　廝　對人的蔑稱。
6　當刑小校　指寨內執行收監的兵丁或小嘍囉。

的人，一時醉後衝撞，何必掛懷，且陪眾兄弟盡此一樂。」宋江道：「我在江州，醉後誤吟了反詩[7]，得他氣力來，今日又作〈滿江紅〉詞，除些兒壞了他性命！早是得眾兄弟諫救了。他與我身上情分最重，因此潸然淚下。」便叫武松：「兄弟，你也是個曉事的人，我主張招安，要改邪歸正，為國家臣子，如何便冷了眾人的心？」魯智深便道：「只今滿朝文武，多是奸邪，蒙蔽聖聰，就比俺的直裰[8]染做皂[9]了，洗殺怎得乾淨？招安不濟事，便拜辭了，明日一個個各去尋趁[10]罷。」宋江道：「眾弟兄聽說：今皇上至聖至明，只被奸臣閉塞，暫時昏昧，有日雲開見日，知我等替天行道，不擾良民，赦罪招安，同心報國，青史留名，有何不美！因此只願早早招安，別無他意。」

7　反詩　指第三十九回宋江刺配江州，至潯陽樓上獨自倚闌暢飲，觸目傷感之餘，作〈西江月〉一闋，乘酒興，又向酒保索借筆硯，揮毫於壁。其詞云：「自幼曾攻經史，長成亦有權謀。恰如猛虎臥荒丘，潛伏爪牙忍受。不幸刺文雙頰，那堪配在江州。他年若得報冤仇，血染潯陽江口。鄆城宋江作。」後因通判黃文炳偶至潯陽樓閒遊，觀其題詠，以為宋江有謀反之意，逐向蔡九知府舉發。

8　直裰（ㄉㄨㄛˊ）　本指古人家居所穿的一種斜領大袖的長袍，後多指僧、道或士子所穿的衣服。

9　皂　黑色。

10　各去尋趁　各自奔走，尋覓出路。

眾皆稱謝不已。當日飲酒，終不暢懷。席散，各回本寨。

　　次日清晨，眾人來看李逵時，尚兀自[11]未醒。眾頭領睡裡喚起來說道：「你昨日大醉，罵了哥哥，今日要殺你。」李逵道：「我夢裡也不敢罵他，他要殺我時，便由他殺了罷。」眾弟兄引著李逵，去堂上見宋江請罪。宋江喝道：「我手下許多人馬，都似你這般無禮，不亂了法度？且看眾兄弟之面，寄下你項上一刀，再犯必不輕恕。」李逵喏喏[12]連聲而退，眾人皆散。

 ## 導讀

　　水滸故事的發展與成型，自南宋以來，歷經了官方正史、野史筆記、戲曲、話本乃至章回小說，為一漫長的孳衍與積累的過程。《水滸傳》的作者身分至今未有定論，或曰元明之際由施耐庵所作，亦不排除羅貫中曾參與編定修潤，兩人生平事跡多不可考。《水滸傳》成書後流傳極廣，版本繁雜。今所見明代萬曆三十八年（1610）容與堂刻《李

---

[11] 兀自　仍然。
[12] 喏喏（ㄋㄨㄛˋ）　應答的聲音。

卓吾先生批評忠義水滸傳》百回本保存了《水滸傳》較為原始的面貌，包含七十一回後續情節，不同於坊間由金聖歎（1608～1661）所刪改的貫華堂七十回本。

本段內容摘錄自第七十一回「忠義堂石碣受天文　梁山泊英雄排座次」，描述梁山泊兄弟盟誓之後，適逢重陽將近，宋江開筵設宴，邀集眾兄弟回寨共賞菊花。當日宋江酒酣之際，藉詞作吐露心意，卻引發兄弟之間的口角，終令大夥不得盡興。從宋江與兄弟的互動中，可以看出背後潛藏的秩序與權力關係；而同屬於莽撞形象的武松、李逵與魯達，看似直率唐突的作為，更揭示出別具意義的處事風格及人生理想。此次風波雖為集團內部的小糾紛，卻也隱伏了日後梁山泊事業的走向及隱憂。

 ## 思辨與對話

1. 從宋江與武松三人的對話來看，他們各自抱持何種人生觀？其中相互對立之處為何？

2. 從宋江與李逵對彼此的態度來看，在你的生活經驗中，是否有觀察到類似的互動關係？這種關係有哪些優缺點？

3. 你認為哪些因素會讓友誼的小船說翻就翻？當友誼受到影響，你會如何重新定義這段關係？

延伸閱讀

1. 姜文：《讓子彈飛》，2010年。（電影改編自馬識途〈盜官記〉）。

2. 薩孟武：〈宋江得到天下之後李逵的命運如何〉，《水滸傳與中國社會》，北京：北京大學出版社，2005年，頁129～135。

3. 艾瑞克・霍布斯邦（Eric Hobsbawm）：《盜匪──從羅賓漢到水滸英雄》，臺北：麥田出版社，1998年。

盧世達老師　撰

阿難

豐子愷

　　往年我妻曾經遭逢小產的苦難。在半夜裏，六寸長的小孩辭了母體而默默地出世了。醫生把他裹在紗布裏，托出來給我看，說著：

　　「很端正的一個男孩！指爪都已完全了，可惜來得早了一點！」我正在驚奇地從醫生手裏窺看的時候，這塊肉忽然動起來，胸部一跳，四肢同時一撐，宛如垂死的青蛙的掙扎。我與醫生大家吃驚，屏息守視了良久，這塊肉不再跳動，後來漸漸發冷了。

　　唉！這不是一塊肉，這是一個生靈，一個人。他是我的一個兒子，我要給他取名字：因爲在前有阿寶、阿先、阿瞻、又他母親爲他而受難，故名曰「阿難」[1]。「阿難」的屍體給醫生拿去裝在防腐劑的玻

---

[1] 阿難　釋迦牟尼的十大弟子之一，生於西元前463年。「阿難」爲梵語Ananda 的音譯，意爲「歡喜」、「喜慶」。「阿難」原是釋迦牟尼佛的堂弟，後隨之出家。

璃瓶中；阿難的一跳印在我的心頭。

　　阿難！一跳是你的一生！你的一生何其草草？你的壽命何其短促？我與你的父子的情緣何其淺薄呢？

　　然而這等都是我的妄念。我比起你來，沒有甚麼大差異。數千萬光年中的七尺之軀，與無窮的浩劫中的數十年，叫做「人生」。自有生以來，這「人生」已被反覆了數千萬遍，都像曇花泡影地倏現倏滅，現在輪到我在反覆了。所以我即使活了百歲，在浩劫中與你的一跳沒有甚麼差異。今我嗟傷你的短命真是九十九步的笑百步。

　　阿難！我不再為你嗟傷，我反要讚美你的一生的天真與明慧。原來這個我，早已不是真的我了。人類所造作的世間的種種現象，迷塞了我的心眼，隱蔽了我的本性，使我對於擾攘奔逐的地球上的生活，漸漸習慣，視為人生的當然而恬不為怪[2]。實則墮地時的我的本性，已經所喪無餘了。

　　以前我常常讚美你的寶姊姊與瞻哥哥，說他們的兒童生活何等的天真、自然，他們的心眼何等的清白，明淨、為我所萬不敢望。然而他們哪裏比得上你，他們的視你，亦猶我的視他們。他們的生活雖說

天眞、自然，他們的眼雖說清白、明淨；然他們終究已經有了這世間的知識，受了這世界的種種誘惑，染了這世間的色彩，一層薄薄的霧障已經籠罩了他們的天眞與明淨了。你的一生完全不著這世間的塵埃。你是完全的天眞、自然、清白、明淨的生命。世間的人，本來都有像你那樣的天眞明淨的生命，一入人世，便如入了亂夢，得了狂疾，顛倒迷離，直到困頓疲斃，始倉皇地逃回生命的故鄉。這是何等昏昧的癡態！你的一生只有一跳，你在一秒間乾淨地了結你在人世間的一生，你墮地立刻解脫。正在風中狂走的我，更何敢企望你的天眞與明慧呢？

我以前看了你的寶姊姊瞻哥哥的天眞爛漫的兒童生活，惋惜他們的黃金時代的將逝，常常作這樣的異想：「小孩子長到十歲左右無病地自己死去，豈不完成了極有意義與價值的一生呢？」但現在想想，所謂「兒童的天國」、「兒童的樂園」，其實貧乏而低小得很，只值得顛倒困疲的浮世苦者的豔羨而已，又何足掛齒？像你的以一跳了生死，絕不攖[3]浮生之苦，不更好嗎？在浩劫中，人生原只是一跳。我在你的一

3　攖　擾亂。

跳中瞥見一切的人生了。

　　然而這仍是我的妄念。宇宙間人的生滅，猶如大海中的波濤的起伏。大波小波，無非海的變幻，無不歸元⁴於海，世間一切現象，皆是宇宙的大生命的顯示。阿難！你我的情緣並不淡薄，你就是我，我就是你：無所謂你我了！

【導讀】

　　豐子愷（1898～1975），原名豐潤，筆名T.K，浙江崇德（今屬桐鄉縣）人。十六歲考入浙江省第一師範學校之後，從李叔同學圖畫與音樂，從夏丏尊學國文，自此走上文藝之路。豐子愷多才多藝，是著名的畫家、又是頗有成就的散文家，並擅長書法，精通音樂。其散文，在我國新文學史上有較大的影響。主要作品有《緣緣堂隨筆》、《緣緣堂再筆》、《緣緣堂續筆》、《率真集》等。此外，他的漫畫是中國漫畫藝術之先驅，著名者如《護生畫集》，豐子愷的漫畫造形簡約，畫風樸實，饒富童趣，頗具哲思，獨樹一幟。而散文創作，大都是敘述自身經歷的生活與日常接觸的人事，以素樸的語言表達其任真多情的觀世與體事之心與眼。

---

⁴　歸元　用以比喻被殺了頭，也作「歸寂」。

豐子愷的人生觀受其老師——弘一法師（李叔同）影響頗深，後也皈依佛教，此特質反映在其作品裡，呈現一種平淡圓熟的境界與氛圍。

　　「阿難」是豐子愷對其早產兒子的敘寫及從而引發對生命的感懷與哲思。早產的阿難還沒有睜開眼，看看這個繁華如煙的世界就走了，阿難的生命雖然只是一下的跳動，然而，豐子愷認為誰又能活得比他更純淨，更無愧於心呢？作者將他因為兒子早夭而感傷的心情，轉變成對生命的深刻的覺察，以走出傷痛，其對生死觀念的轉換與開豁是一種哲學。另，文句中可見佛教對其生命歷程與思想觀念之浸濡與啟發。

 ## 思辨與對話

1. 文中，豐子愷提及「這都是我的妄念」，請問他的妄念所指涉的是什麼？

2. 請問，閱讀全文後，豐子愷是如何轉化他的喪子之痛？簡述之。

3. 請問「白髮人送黑髮人」之痛與「黑髮人送白髮人」之痛相比，有何殊異？可以說說您的看法嗎？

延伸閱讀

1. 朱自清：〈兒女〉，《朱自清散文集》，武漢：武漢出版社，2010年。

2. 陳義芝：〈為了下一次的重逢〉，《為了下一次的重逢》，臺北：九歌出版社，2021年。

3. 簡媜：〈母者〉，《女兒紅》，臺北：洪範書局，2019年。

楊曉菁老師　撰

原鄉人

鍾理和

1

　　我幼年時，登上我的人種學第一課的是福佬人（閩南人）。這個人是我父親商業上的朋友。大約在我三四歲的時候，我就知道他常常到我家來，在我家吃過一餐午飯，然後就走。但有時也會住下來，第二天才走。他人很高，很會笑。如果在我家住下來，那麼，第二天要走時準會給我和二哥一角或二角錢；大概人還很好。待我年紀漸長，我才又知道有不少福佬人會到我們村子來做生意，媽時常由他們手裡買鹹魚、布，或絡線[1]。這時，我也懂得點福佬話了。

　　人種學的第二種人是日本人。經常著制服、制帽，腰佩長刀，鼻下蓄著撮短鬚。昂頭闊步，威風凜凜。他們所到，鴉雀無聲，人遠遠避開。

---

[1] 絡（ㄌㄧㄡˇ）線　絲縷編織而成的線，用來繫東西。

「日本人來了！日本人來了！」

母親們這樣哄誘著哭著的孩子。孩子不哭了。日本人會打人的，也許會把哭著的孩子帶走呢！

2

六歲剛過，有一天，奶奶告訴我村裡來了個先生（老師）是原鄉人，爸爸要送我到那裡去讀書。但這位原鄉先生很令我感到意外。他雖然是人瘦瘦的，黃臉，背有點駝，但除此之外，我看不出和我們有什麼不同。這和福佬人日本人可有點兩樣。他們和我們是不同的。放學回來時我便和奶奶說及此事。奶奶聽罷，笑著說道：我們原來也是原鄉人；我們是由原鄉搬到這裡來的。

這可大大出乎我意想之外。我呆了好大一會兒。

「是我爸爸搬來的嗎？」停了一會兒我問奶奶。

「不是！是你爺爺的爺爺。」奶奶說。

「為什麼要搬來呢？」

「奶奶也說不上。」奶奶遺憾地說。「大概是那邊住不下人了。」

「奶奶，」我想了想又說：「原鄉在哪邊？是不是很遠？」

「在西邊，很遠很遠；隔一條海，來時要坐

船。」

原鄉，海，船！這可是一宗大學問。我張口結舌，又呆住了。奶奶從來就不曾教過我這許多東西。

第二年，先生換了人。據說也是原鄉人，但和前一個完全兩樣。他人微胖，紅潤的臉孔，眼睛奕奕有神，右頰有顆大大黑黑的痣，聲音宏亮。比起前一個來，這位原鄉先生已神氣多了。只是有一點：很多痰，並且隨便亂吐。還有，喜吃狗肉，尤其是乳狗。那時村裡幾乎家家都養狗，要吃狗肉是極隨便的。因此不到兩年，他的身體更胖了，臉色更紅了，但痰更多了。

他宰狗極有技巧。他用左手的拇指及食指捏著狗脖子，右手拿刀往狗脖下一劃；小狗狺狺[2]地在地上爬行幾步，然後一踉蹌[3]。於是一連三隻。他又教人如何用狗尾翻腸子，真是再好再方便不過。

他在我們村裡教了三年書，後來脖上長了一個大瘡[4]，百方醫治無效，便捲了行李走了。但據說：後來死在船上，屍首被拋進海裡。村人都說他吃狗肉吃

---

[2] 狺狺（一ㄣˊ）　犬吠聲。這裡指小狗被宰殺的哀鳴聲。
[3] 踉蹌（ㄌㄧㄤˋㄑㄧㄤˋ）　走路時，重心歪斜不穩。
[4] 瘡（ㄔㄨㄤ）　皮膚黏膜上的傷口潰瘍。

得太多了，才生那個瘡的。不過他教學有方，且又認真，是個好先生，因而村裡人都很以爲惜。

八歲時，因爲入學校讀日本書，我就不再讀村塾了。

我第三個認識的原鄉人，也是和狗肉結下不解緣的。但令我不解的，他並不是外處人，據我所知，卻是從來就住在村子裡。也有老婆，都已上了年紀了；有一個女兒。他眼睛不好，手腳有點顫抖，但打起狗兒來卻凶狠而勇猛。遇著他殺狗時，村裡大人小孩都把他圍成一圈。他家門口有株木棉樹，他就把他的狗繫在樹頭下，兩手揮起杯口粗的木棍使盡力氣向狗身上打下去。他的眼睛的不靈，使他的木棍不能每次都擊中要害，很快結束狗的生命；唯其如此，徒然增加了狗的痛苦。狗在繩子許可範圍內閃來閃去，跟蹌掙扎，叫得異常悽慘，血順著牠的舌頭、嘴唇滴落。全村的狗都著了魔似的瘋狂地吠著，但圍著的人卻屏聲靜氣，寂然不動。二哥叫我不要吐唾沫，並要把兩隻手藏在身後。

紅的血和瘋狂的犬吠，更刺激了打狗者的殺心，木棍擊落：叭啦！叭啦！突的，狗的腦袋著了一棍，

蹶然[5]撲地：鼻孔，眼睛，全出血了。狗的肚子猛烈地起伏，四肢在地上亂抓一轉。狗掙扎著又爬了起來。但無情的木棍又擊下去了。

我緊緊地靠著二哥。二哥一手挾抱我的腦袋，鼓勵我「不要怕！不要怕」，一聲淒絕的哀號過後，我再睜開眼睛。只見那可憐的動物直挺挺地躺在血泊裡，肚子起伏得更凶猛，四肢不住抽搐。

二哥終於把我帶走了。

有幾個大人聚坐在斜對過，村鋪前的石垣上談論此事。

「多狠！」一個人這樣說。又有人問是誰家的狗？據他的意思，以為給他狗的人家也和他一樣狠心。

「他給他們錢呢！」另一個人說。

「給他們多少錢？」對方反駁道：「要是我，就是給再多錢，我也不幹。」

「原鄉人都愛吃狗肉。」又有人這樣感喟地說。

他——那位殺牲者——是原鄉人，這是我從來不知道的。

---

[5] 蹶（ㄐㄩㄝˊ）然　跌倒。

回到家裡，我劈頭問奶奶：我爺爺吃不吃狗肉？

「不吃！」奶奶說。

「我爺爺的爺爺呢？」

奶奶詫異地看著我，微笑地說：「我不知道。不過，我想他一定是不吃狗肉的。」然後奶奶問我怎麼要問這些事？

我將所見的事向她說明，然後告訴她：他們說原鄉人都愛吃狗肉。

「傻孩子，我們可不是原鄉人呀！」奶奶說。

「我爺爺的爺爺可是原鄉人，這是奶奶說的。」

「他是原鄉人，可是我們都不住在原鄉了。」

我爺爺和我爺爺的爺爺不吃狗肉，這事確令我很滿意，但是奶奶對於「我們是哪種人」的說明，卻叫人納悶。

後來我又看見了更多的原鄉人，都是些像候鳥一樣來去無蹤的流浪人物，而且據我看來，都不是很體面的：賣蔘的、鑄犁頭的、補破缸爛釜的、修理布傘鎖匙的、算命先生、地理師（堪輿家）。同時我又發覺他們原來是形形色色，言語、服裝、體格，不盡相同。據大人們說，他們有寧波人、福州人、溫州人、江西人。這的確是件怪事。同是原鄉人，卻有如許差

別！但對此，奶奶已不能幫我多少忙了。除此不算，我覺得他們都神奇、聰明、有本事。使破的東西經他們的手摸摸，待一會兒全變好了。我看主婦們收回她們的東西都心滿意足，可見他們修補得一定不錯。

最令我驚奇並感到興趣的，是鑄犁頭的一班人。他們的生意，不像平常人是在白天幹，卻是在夜間幹的。他們人數多，塊頭大，一個個都是彪形大漢，肩挑重負，頭戴寬邊大竹笠；這笠兒他們也可以當扇子來搧剛出模的火紅犁頭的。他們到了村子，便搖著鐵片嘩啦嘩啦地各處走著，向人家收集破犁頭。夜幕一落，他們便生火熔鐵；一個人弓著背拉著風箱，把隻熔爐吹得烈焰融融。一個人把鑄模承著爐口，拿隻鉗兒把爐子一傾，赤熱的熔液自爐口流進模裡，火星四射，煞是可怕，但那人毫無懼色。他袒胸，臉上流汗，用每個身當重任的人所有的那種無比的堅毅、冷靜和沉著，做完一切。熾紅的火光用雕刻性的效果，把他的身軀凸現成一柱巨人。這場面懾住了我的思想。我覺得他是一個十分了不起的人物。

第二日我清早起來時，他們已經走了，場地上留下一堆煤的燒渣。它燒成各色各樣奇形怪狀的東西，豐富了我們的玩具箱。

3

待我年事漸長，我自父親的談話中得知原鄉本叫作「中國」，原鄉人叫作「中國人」；中國有十八省，我們便是由中國廣東省嘉應州遷來的。後來，我又查出嘉應州是清制，如今已叫梅縣了。

到公學校（如今的國民小學）五六年級，開始上地理課；這時我發覺中國又變成「支那[6]」，中國人變成了「支那人」。在地圖上，中國和台灣一衣帶水，它隔著條海峽向台灣劃著一條半月形弧線，自西南角一直劃到東北角。我沒有想到它竟是如此之大！它比起台灣不知要大好幾百倍。但奶奶卻說我爺爺因為原鄉住不下人才搬到台灣來的。這是怎麼說的呢？

日本老師時常把「支那」的事情說給我們聽。他一說及支那時，總是津津有味。精神也格外好。兩年之間，我們的耳朵便已裝滿了支那，支那人，支那兵等各種名詞和故事。這些名詞都有它所代表的意義；支那代表衰老破敗；支那人代表鴉片鬼，卑鄙骯髒的人種；支那兵代表怯懦，不負責等等。

老師告訴我們：有一回，有一個外國人初到中

---

[6] 支那　日本將China直接音譯為「支那」。

國，他在碼頭上掏錢時掉了幾個硬幣，當即有幾個支那人趨前拾起。那西洋人感動得盡是道謝不迭。但結果是他弄錯了。因為他們全把撿起的錢裝進自己的兜裡去了。

然後就是支那兵的故事。老師問我們：倘使敵我兩方對陣時應該怎麼樣？開槍打！我們說。對！支那兵也開槍了。但是向哪裡開槍？向對方，我們又說。老師詭祕地搖搖頭：不對！他們向天上開槍。這可把我們呆住了。為什麼呢？於是老師說道：他們要問問對方，看看哪邊錢拿得多。因為支那兵是拿錢雇來的。倘使那邊錢多，他們便跑到那裡去了。

支那人和支那兵的故事是沒完的，每說完一個故事，老師便問我們覺得怎樣。是的，覺得怎樣呢？這是連我們自己也無法弄明白的。老師的故事，不但說得有趣，而且有情，有理，我不能決定自己該不該相信。

我重新凝視那優美的弧線。除開它的廣大之外，它不會對我說出什麼來。

4

同時，父親和二哥則自不同的方向影響我。

這時父親正在大陸做生意，每年都要去巡視一

趄。他的足跡遍及沿海各省，上自青島、膠州灣，下至海南島。他對中國的見聞很廣，這些見聞有得自閱讀，有得自親身經歷。村人們喜歡聽父親敘述中國的事情。原鄉怎樣，怎樣，是他們百聽不厭的話題。父親敘述中國時，那口吻就和一個人在敘述從前顯赫而今沒落的舅舅家一樣，帶了二分嘲笑、三分尊敬、五分嘆息。因而這裡就有不滿、有驕傲、有傷感。

他們衷心願見舅舅家強盛，但現實的舅舅家卻令他們傷心，我常常聽見他們嘆息：「原鄉！原鄉！」

有一次，父親不辭跋涉之勞深入嘉應州原籍祭掃祖先，回來時帶了一位據說是我遠房的堂兄同來。村人聞訊，群來探問「原鄉老家」的情形。父親搖了半天頭，然後又生氣又感慨地說：地方太亂，簡直不像話；又說男人強壯的遠走海外，在家的又懶、又軟弱。像堂兄家，父親和兩個哥哥都走南洋，如今他又來台灣，家裡就只剩三個婦人——一個老婆婆和兩個年輕兒媳；再有，則是幾個小孩了。大家聽著，又都嘆息不止。

後來父親對海南島大感興趣，曾有和族人集體移民到榆林去捕魚的計畫。他先去視察了兩趟，覺得滿意，然後第三次邀了四位族人同往。他們準備如這次

視察也能滿意，回來後即把計畫付諸實現。但沒想到他們的汽車自海口出發後第二日便中途遇匪，在一個小縣城困守十多天，飽受一場虛驚，終於不得不取消視察，敗興而返。希望幻滅，父親和族人就此結束了發財的美夢，從此絕口不提海南島和捕魚的事情了。

同年末，上海傳來壞消息：公司倒了。父親席不暇暖[7]的匆匆就道。回來時，那是又暴躁、又生氣、又傷心，言笑之間失去了往日快樂和藹的神采，經過很久才得恢復常態。

5

但真正啟發我對中國發生思想和感情的人，是我二哥。我這位二哥，少時即有一種可說是與生俱來的強烈傾向——傾慕祖國大陸。在高雄中學時，曾為「思想不穩」——反抗日本老師，及閱讀「不良書籍」——「三民主義」，而受到兩次記過處分，並累及父親被召至學校接受警告。

中學畢業那年，二哥終於請准父親的許可，償了他「看看中國」的心願。他在南京上海等地暢遊了一個多月，回來時帶了一部留聲機，和許多蘇州西湖等

7　席不暇暖　形容奔走忙碌，沒有休息。

名勝古蹟的照片。那天夜裡，我家來了一庭子人。我把唱機搬上庭心，開給他們聽，讓他們盡情享受「原鄉的」歌曲。唱片有：梅蘭芳的霸王別姬、廉錦楓的玉堂春，和馬連良、荀慧生的一些片子。還有粵曲：小桃紅、昭君怨；此外不多的流行歌。

粵曲使我著迷；它所有的那低迴激盪，纏綿悱惻的情調聽得我如醉如癡，不知己身之何在。這些曲子，再加上那賞心悅目的名勝風景，大大的觸發了我的想像，加深了我對海峽對岸的嚮往。

我幾次要求父親讓我到大陸念中學；父親不肯。我又求二哥幫忙說項，但二哥說這事不會有希望，因為父親對中國很灰心。

父親在大陸的生意失敗後，轉而至屏東經商；二哥也遠赴日本留學去了。第二年七七事變發生，日本舉國騷然；未幾，我被編入防衛團。堂兄回原鄉去了。我和他相處數年，甚為和洽，此番離別，兩人都有點捨不得。

戰事愈演愈烈，防衛團的活動範圍愈來愈廣：送出征軍人。提燈遊行、防空演習、交通管制。四個月間，北平、天津、太原相繼淪陷，屏東的日本人歡喜若狂，夜間燈火滿街飛，歡呼之聲通宵不歇。

就在這時候，二哥自日本匆匆回來了。看上去，他昂奮而緊張，眼睛充血，好像不曾好好睡覺。他因何返台，父親不解，他也沒有說明。他每日東奔西走，異常忙碌，幾置寢食於不顧。有一次，他領我到鄉下一家人家，有十幾個年輕人聚在一間屋子裡，好像預先有過約定。屋裡有一張大床鋪，大家隨便坐著；除開表兄一個，全與我面生。

　　他們用流利的日語彼此辯論著，他們時常提起文化協會、六十三條、中國、民族、殖民地等名詞。這些名詞一直是我不感興趣的，因而，這時聽起來半懂不懂。兩小時後討論會毫無所獲而散。二哥似乎很失望。

　　同日晚上，二哥邀父親在我隔壁父親臥室中談話。起初兩人的談話聽起來似乎還和諧融洽，但是越談兩人的聲音越高，後來終於變成爭論。我聽得見二哥激昂而熱情的話聲。然後爭執戛然而止。二哥出來時怏怏不樂；兩隻眼睛彷彿兩把烈火。是夜，我睡了一覺醒來，還看見二哥一個人伏在桌上寫東西。

　　數日後，二哥便回日本去了。臨行，父親諄諄叮囑：你讀書人只管讀書，不要管國家大事。父親的口氣帶有愧歉和安慰的成分。但二哥情思悄然，對父親的話，充耳不聞。

二哥再度自日本回來時，人已平靜、安詳，不再像前一次的激動了。這時國民政府已遷至重慶，時局漸呈膠著狀態。二哥說日本人已在做久遠的打算；中國也似決意抗戰到底，戰事將拖延下去。他已決定要去大陸。很奇怪的，父親也不再固執己見了，但也不表高興。

　　我和表兄送二哥到高雄；他已和北部的夥伴約好在台北碰頭。一路上都有新兵的送行行列。新兵肩繫紅布，頻頻向人們點首微笑。送行的人一起拉長了脖子在唱陸軍行進曲。

　　替天討伐不義，
　　我三軍忠勇無比，
　　……

　　二哥深深地埋身車座裡，表情嚴肅，緘默不語。我平日欽仰二哥，此時更意識到他的軒昂超越。我告訴他我也要去大陸。二哥微露笑意，靜靜低低地說：好，好，我歡迎你來。

　　二哥走後不久，憲兵和特務時常來家中盤查他的消息。他們追究二哥到哪裡去及做什麼事。我們一概答以不知。事實上二哥去後杳無音信，我們連他是否

到了大陸也不知道。

6

防衛團的職務要辭辭不掉，要擺擺不脫，著實令人煩惱。我曾以素有膽石病為由請辭，但不為允許。團長是一位醫生，他解開內衣讓我看看他開刀後的疤痕，然後拍著我的肩膀安慰我說膽石開刀不難，只要我願意，他也可以為我效勞。

有一次防空演習，防衛團一半人管制交通，另一半人分區監視全街的燈火。時間已過午夜十二時。我們那一區忽然發現有一線燈光。我們──我和我的夥伴，按著地點很快就找出漏光的人家了。那是一間糕餅鋪，老闆出來應門沒有把遮光布幕遮攏，以致燈光外漏。

我們以情有可原，只告誡了一番之後便預備退出。但此時一個有一對老鼠眼的日本警察自後面進來了。他像一頭猛獸在滿屋裡咆哮了一陣，然後不容分說把老闆的名字記下來。

「那老闆是唐山人（閩南語。即客家語的原鄉人）。」

回到監視台上，我的夥伴說。他是「老屏束」，知道許多我所不知道的事情。

「唐山人？那他怎麼不回唐山[8]去呢，都戰爭了？」

我也用閩南語問他。

「他捨不得嘛，他這裡娶了老婆，又有舖子！」

然後他又告訴我前些時捐款時，這位老闆沒有捐到日本人所希望的數目，因此日本人對他很不滿。這次他可能會吃苦頭。

我們由此談到這次的中日戰爭。這位夥伴認為中國打勝仗的希望甚微。

「戰爭需要團結，」他說：「可是中國人太自私，每個人只愛自己的老婆和孩子。」

翌日，我們在警察署集合。忽然有一個人自司法室搖搖擺擺的爬上停在門口的一輛人力車，彷彿身帶重病，垂頭喪氣，十分衰弱。那人矮矮的身材，微胖。在人群中，我和昨晚的夥伴默默地互看了一眼。只有我們兩人知道，這是發生了什麼事情。那車上的正是漏光的糕餅舖的老闆。

---

[8] 唐山　過去海外華人多來自靠山臨海的閩、粵，而中國山勢高大，加上聯想到歷史上盛世的唐朝，於是有「唐山」一稱。國民政府來臺前，僑民孤懸島上，當時民間稱中國大陸為「唐山」，音轉為「長山」。不過，現在部分人認為「長山」才是原來的寫法，「唐山」反而是音轉的關係。

目送遠去的人力車，我不覺想起夥伴所説的話：他是應該回去的！

當日黃昏時分，我獨自一人坐在公園水池邊，深深感到寂寞。我的心充滿了對二哥的懷念，我不知道他是不是到了重慶，此刻在做什麼。失去二哥，我的生活宛如被抽去內容，一切都顯得空虛而沒有意義。我覺得我是應該跟去的；我好像覺得他一直在什麼地方等候我。

「歡迎你來！歡迎你來！」二哥的聲音在我耳畔一直縈繞不絕。

7

其後不久，我就走了——到大陸去。

我沒有護照，但我探出一條便道，先搭船到日本，再轉往大連；到了那裡，以後往南往北，一切都隨你的便。

我就這樣走了。

我沒有給自己定下要做什麼的計畫，只想離開當時的台灣；也沒有到重慶去找二哥。

我不是愛國主義者，但是原鄉人的血，必須流返原鄉，才會停止沸騰！

二哥如此，我亦沒有例外。

導讀

　　鍾理和（1915～1960），生於屏東郡高樹庄（今屏東縣高樹鄉）。1928年畢業於鹽埔公學校，因為體檢因素，不能報考學校。後來入長治公學校高等科就讀。1929年畢業後，入私塾學習漢文，受到光達興先生影響，撰寫〈臺灣歷史故事〉、〈考證鴨母王朱一貴事蹟〉，然而原稿無存，難以確定。1938年因與鍾臺妹同姓婚姻而遭反對，隻身前往中國瀋陽，同年冬天返臺。1940年8月，帶鍾臺妹搭乘「馬尼拉丸」號從高雄出發，至朝鮮換乘火車前往中國東北。隔年長子鍾鐵民出生，舉家遷至北平定居。1946年3月攜家人離開北平，搭難民船抵達基隆，是年8月肺疾初發，此後肺疾纏身。1957年5月，鍾肇政編《文友通訊》，因而認識陳火泉等人。鍾理和在《文友通訊》中主張「文學中的方言」，並在《笠山農場》中使用。1960年8月4日於病榻上修改小說《雨》，肺疾復發，咯血於稿紙，辭世。張良澤編輯《鍾理和全集》時，譽其為「倒在血泊裡的筆耕者」。鍾理和著述豐富，有《鍾理和日記》、《雨》、《夾竹桃》、《笠山農場》、《做田》等。

　　本文選自《鍾理和全集》第二冊。〈原鄉人〉表現鍾理和作為客家人，但是對於自己國家、族群認同上的不確定感，故事中以「人種」作為開端，陸續出現福佬人、日本人、原鄉人（指中國大陸）、客家人等族群的言行舉止。鍾

理和在文章中反覆追問「原鄉人」，進而對期待自己能成為「原鄉人」，終而踏上心念的「原鄉」。

 思辨與對話

1. 站在鍾理和的時空背景，你覺得鍾理和追求「原鄉人」的內涵是什麼呢？
2. 鍾理和於文章最後說道：「我不是愛國主義者，但是原鄉人的血，必須流返原鄉，才會停止沸騰！」這句話給你什麼省思？
3. 臺灣經歷許多政權，如果由你來書寫臺灣史，將會如何書寫呢？

 延伸閱讀

1. 呂赫若：〈牛車〉，張恒豪主編：《呂赫若集》，臺北：前衛出版社，1991年。
2. 葉石濤：〈潘銀花的第五個男人〉，《西拉雅末裔潘銀花》，臺北：草根出版公司，2000年。
3. 張子涇：《再見海南島：臺籍日本兵張子涇太平洋終戰回憶錄》，臺北：遠足文化，2017年。

簡承禾老師　撰

鐘擺

〔美〕歐亨利　王聖棻、魏婉琪譯

「八十一街到了─請下車。」穿著藍色制服的牧羊人大喊。

一群綿羊似的市民亂糟糟地擠下了車，另一群又亂糟糟地擠上了車。叮叮！曼哈頓高架鐵路[1]公司的運牲口車哐啷哐啷地開走了，約翰‧柏金斯隨著放出來的羊群一起走下了車站階梯。

約翰慢吞吞地往公寓走，腳步遲緩，因爲在他日常生活的字典裡，是沒有「可能」這個字的。一個結婚兩年，住在公寓裡的男人，不會有什麼驚喜降臨。約翰‧柏金斯帶著陰鬱沉重的自嘲心預想著這一成不變的一天還有哪些場景等著他。

凱蒂會在門口迎接他，給他送上一個帶著冷霜

---

[1] 曼哈頓鐵路（**Manhattan Railway**）　美國紐約市的鐵路公司，已被跨區捷運公司於一九三年合併，當時經營曼哈頓區與布朗克斯區的高架鐵路系統。

和奶油糖氣味的吻。然後他會把外套脫掉，坐在一張硬邦邦的簡陋長椅上，看晚報裡用沉悶的排字印刷機印出來的字體，刊著俄羅斯人和日本人被屠殺的新聞。晚餐會有一鍋燉菜，一盆沙拉，上頭淋的醬料氣味像「保證不傷皮革」的鞋油，配上燉煮大黃，和一瓶對自己「保證成分精純」標籤感到臉紅的草莓醬。吃過晚飯，凱蒂會把拼布棉被上的新補丁指給他看，那是賣冰小販從自己的活結領帶上剪下來送她的布邊。七點半，他們會在家具上鋪好報紙，好接住從天花板掉下來的灰泥粉塊，因為樓上那個胖子要開始鍛鍊身體做運動了。八八點整，住在對面、屬於某個乏人問津雜耍團的希奇和穆尼喝了點酒，醉醺醺的，以為漢默斯坦[2]拿著一份週薪五百塊的合約在後頭追他們，把公寓裡的椅子都掀翻了。然後，天井對面的先生拿出長笛，在窗口吹了起來；每晚都要漏的瓦斯會到處亂飄，還頑皮地溢到高速公路上；送菜升降機會脫軌；門房會再次把扎諾夫斯基太太的五個孩子趕過鴨綠江，穿香檳色鞋子牽著獵狐犬的女士會輕快地下

2　威廉・漢默斯坦（William Hammerstein，1875～19149）：為紐約當時的重量級劇院經理，掌管維多利亞劇院（1915年拆除，現址為時代廣場）。漢默斯坦祖孫三代皆是紐約著名的音樂人。

樓來，把她星期四用的名字貼在門鈴和信箱上——至此，弗羅格摩爾公寓晚間的例行生活才算正式開始。

約翰・柏金斯知道這些事都會發生，他還知道到了八點十五分，他會鼓起勇氣去拿帽子，接著他太太就會用抱怨的口氣說：

「好了，我倒想知道還會兒你要去哪，約翰・柏金斯？」

「我想去麥卡羅斯基那兒，」然後他會這樣回答，「跟朋友打一兩盤撞球。」

最近打撞球成了約翰・柏金斯的習慣，總要打到十點、十一點才回家。有時凱蒂已經睡了，有時還在等他，準備用她的怒火在坩堝裡把婚姻鎖鍊上的鍍金再熔掉一點。將來當愛神丘比特和弗羅格摩爾公寓裡因他而受害的人一起站在審判臺前的時候，他是一定要為自己的失職做出解釋的。

但今晚約翰・柏金斯到家時，卻碰上了他平凡生活中從未有過的驚天巨變。

凱蒂深情帶糖果味的吻不在了，三個房間有種不祥的凌亂。一個房間有種不祥的凌亂。她的東西亂七八糟丟得到處都是，鞋子在地板正中間，捲髮鉗、蝴蝶結髮飾、和服式晨褸與粉盒亂堆在梳妝檯和椅子

上，這完全不是凱蒂的作風。約翰看見梳子上纏著一團棕色捲髮，心整個沉了下去，她一定碰上了什麼緊急的不尋常事件才會慌亂成這樣，因為她向來會把這些髮團小心地收在壁爐架上的一個藍色瓶子裡，打算攢夠了拿來做她夢寐以求的假髮。

煤氣燈的噴嘴上顯眼地用繩子繫著一張摺好的紙條，約翰一把抓過來，是他妻子留的，上頭寫著：

親愛的約翰：

我剛剛收到電報，說媽媽病得很嚴重。我搭四點半的火車，我弟山姆會去車站接我。冰箱裡有冷羊肉。我希望她這次不要又是扁桃腺發炎。記得付給送牛奶的人五十分錢。去年春天她這毛病發得厲害。別忘了給煤氣公司寫信講煤‧氣表的事，還有，你那些沒有破洞的襪子放在最上層的抽屜裡。我明天再給你寫信。先這樣。

結婚兩年來，他和凱蒂連一晚都沒有分開過。約翰目瞪口呆地把紙條讀了一次又一次，一成不變的生活規律突然被打破，他一時竟不知道該怎麼辦才好。

椅背上搭著一件紅底黑點罩衫，她做菜的時候總是穿著它，現在它空蕩不成形的樣子，看上去分外淒

涼。她平常穿的衣服匆忙之下扔得東一件西一件，小紙袋裡裝著她最愛的奶油糖，連繩子都沒有解開。一份日報攤在地板上，火車時刻表被剪走了，開了一個長方形的洞。房裡的每樣東西彷彿都在訴說著某種失去，某種不復存在的要素，某種靈魂和生命的消逝。約翰·柏金斯站在遍地殘骸之中，心裡莫名湧起一股荒涼的悲愴。

他動手整理房子，盡可能把家裡弄得整齊一點。當他碰到凱蒂的衣服，一陣幾近恐怖的顫慄突然竄遍他全身。他從來沒有想過，要是凱蒂不在了，生活會變成什麼樣子。她已經完全融進了他的生活，就像他呼吸的空氣一樣，不可或缺，卻又幾乎不會注意到。而現在，她毫無預警地走了，消失了，再也沒有她的影子，彷彿她從未存在過。當然，這只不過是一天或幾天的事，最長也不會超過一兩星期。可是對他來說，這就像是死神之手伸出了一根手指，指向了他安穩寧靜的家。

約翰從冰箱拿出冷羊肉，煮了咖啡，在餐桌前坐下，對著草莓醬上無恥的純淨合格證吃起孤單的晚餐。如今對他來說，連剩下的那一點燉菜和淋著鞋油味醬汁的沙拉，都像是被奪走的幸福中僅存的美好。

他的家崩毀了，一個扁桃腺發炎的岳母把他的家庭守護神打飛到九霄雲外，吃完一個人的晚餐，約翰在前窗邊坐了下來。

他不想抽菸。外面的城市呼喊著他，要他加入不用傷腦筋又歡樂無比的舞蹈。這一夜完全屬於他，他可以不受任何盤問地出門，和所有單身漢一樣自由地恣意歡鬧。只要他願意，他可以盡情狂飲，可以到處閒逛，可以縱情放肆到天亮，當他帶著殘留的愉悅回到家時，不會有個怒氣沖天的凱蒂等著他。只要他想，他可以跟鬧哄哄的朋友們在麥卡羅斯基那兒打撞球打到晨光亮起燈光暗去。當弗羅格摩爾公寓的生活讓他覺得乏味，他總是把這歸咎於婚姻的束縛，現在束縛鬆開了。凱蒂不在了。

約翰並不習慣分析自己的感情，但是當他坐在少了凱蒂的這個十乘十二呎見方的客廳裡卻精準地看出了自己不舒服的主要原因。現在他明白了，他的幸福人生裡少不了凱蒂。他對凱蒂的感情，在不知不覺之中，被沉悶無聊的家庭生活磨滅了，如今因為她的消失，又鮮明地被喚醒。聲音甜美的鳥兒飛走了之後，我們才珍惜那失去的歌聲——這一類的話，格言，佈道、寓言故事，或者其他詞藻華麗的精闢言論不是都

告訴過我們了嗎？

「我真是個徹頭徹尾的笨蛋，」約翰‧柏金斯想著，「居然這樣對待凱蒂。我天天跑出去打撞球，跟朋友鬼混，就是不肯留在家裡陪她。這個女孩孤單一個人待在這裡，一點消遣娛樂都沒有，我竟然還那樣做！約翰‧柏金斯啊，你真是天字第一號大混蛋。我要補償那個可憐的女孩，我會帶她出去，讓她也看看外頭好玩的東西。我還要立刻跟麥卡羅斯基那幫人一刀兩斷。」

確實，城市還在外頭呼喊，要約翰‧柏金斯加入嘲弄之神摩墨斯[3]追隨者的狂舞行列，麥卡羅斯基那兒的夥伴們也正悠閒地把撞球打進球袋，在夜晚的遊戲中爭取自由時間。但不管是放蕩享樂的世界，還是敲得咔咔響的撞球杆，都已經吸引不了妻子不在身邊的柏金斯那自責的心靈原本擁有的東西，他總是不當回事，甚至有點輕視，如今被奪走了，才開始需要它。從前有個叫亞當的人，被天使從蘋果園裡趕了出來，悔恨的柏金斯也許正是他的子孫。

---

[3] 摩墨斯（**Momus**）　希臘神話中的嘲弄、譴責、諷刺之神，同時也是作家和家和詩人的守護神，具有如同惡的毒舌人物。魔般愛好譴責和進行不公批評的個性。在古典藝術中常常被刻畫為帶著嘲弄面具的毒舌人物。

約翰‧柏金斯右手邊有張椅子，椅背上披著凱蒂的一件藍色上衣，還隱隱殘留著她身體的輪廓。袖子中段有幾道細細的皺褶，是她的手臂爲了他的舒適和愉快努力做事留下的痕跡。衣服飄出一縷細微卻極具穿透力的鈴蘭花香，約翰拿起它，認眞地凝視著這件毫無回應的薄紗上衣，凱蒂從來不會這樣不回應他的。淚水——是的，淚水，湧出了約翰‧柏金斯的眼眶。等到她回來一切都不同了，他會盡力補償過去對她的忽略。沒有了她，生活還算什麼生活呢？

　　這時門突然開了，凱蒂拎著一個小包包走了進來。約翰呆呆地看著她。

　　「哎呀！到家眞高興，」凱蒂說，「媽的病沒啥大礙。山姆到車站接我，說她只是稍微發作了一下，電報發出去之後就好多了，所以我就搭下一班火車回來了。我現在眞想喝杯咖啡啊。」

　　弗羅格摩爾公寓三樓前方這一家的生活機器再度回到有序世界，齒輪發出喀啦吱嘎的聲音，只是並沒有人聽見。傳動皮帶開始滑動，彈簧接上，齒輪咬合，輪子又依照舊有的軌道運行起來。

　　約翰‧柏金斯看了看鐘，現在是八點十五分。他拿起帽子，走向門口。

「好了，我倒想知道這會兒你要去哪，約翰・柏金斯？」凱蒂用抱怨的口氣說。

　　「我想去麥卡羅斯基那兒，」約翰說，「跟朋友打一兩盤撞球。」

　　收錄於《剪亮的燈》（The Thrimmed Lamp, 1907）一書。

 導讀

　　歐・亨利（O. Henry，1862～1910），本名威廉・西德尼・波特（William Sydney Porter），筆名歐・亨利，美國小說家。一生中留下了一部長篇小說和近三百篇的短篇小說。其短篇小說構思精巧，風格獨特，以表現美國中下層人民的生活為主。語言幽默、結局常常出人意料，有著「歐・亨利式結尾」之稱而聞名於世，成為美國文學獨樹一幟的極短篇大師。此外，他與莫泊桑、契訶夫三人被文壇並稱「世界三大短篇小說之王」。

　　〈鐘擺〉一文的開始描述男主角了約翰・帕金斯無聊的婚姻生活，他與妻子結婚兩年半，抱著鬱鬱不樂的心情過一樣平淡的生活，吃著一樣的燉肉，做著一如往常的活動，這樣的生活對他而言，毫無意義，他也早已厭倦了這樣的生活。眼看日子似死水沉寂，轉折卻迎面而來。

迎面而來的轉折是妻子凱蒂決定回家照顧母親，生活似乎有了變化，讓約翰從「不適應」到「做出改變」，他開始到酒吧喝酒，與朋友談天說地，這樣的生活讓他快活，於是，他開始思考過去的生活究竟是否圓滿？他想要的人生到底是什麼模樣？不過，他又感知妻子凱蒂在他的生活中似乎是不可抹滅的，彷彿機器掉了一個齒輪，約翰感覺世界失序了。少了妻子的家，處處都不對勁，每個角落都可以看到他倆生活的影子，他才驚覺凱蒂早已經像空氣一樣融入了他的生命。就在他感到悔恨不已、下定決心要好好補償往日對妻子的忽視時，凱蒂推門進來了。世界又回復原樣，約翰決定出門打一盤撞球，與妻子的生活型態彷彿未曾改變過，他腦海中曾經浮現的後悔與彌補的心意似乎已飛至九霄雲外。

 思辨與對話

1. 〈鐘擺〉一文中敘述多於對話，並且作者花了很長的篇幅在描述極為日常的生活點滴，或是微不足道的生活小事，請問作者如此的寫作手法，有何意義？
2. 歐‧亨利在〈鐘擺〉一文中，企圖呈現人性的哪些特點？請就小說中的人物分述之。
3. 請問小說中男主角約翰在思想上，經歷哪些轉變的歷程？此部小說命名為〈鐘擺〉，請分析它和小說的主題、旨趣有任何呼應或是聯繫嗎？試說說您的看法。

延伸閱讀

1. 莫泊桑：〈項鍊〉，《莫泊桑短篇小說集》，呂佩謙譯，臺北：好讀出版，2016年。

2. 李政燁：〈兩個個人主義者的婚姻生活〉，《在婚姻裡，可以兩個人狂歡，也要一個人暢快》臺北：時報出版社，2022年。

3. 金柏麗‧馬克奎特：《完美夫妻》，臺北：麥田出版社，2023年。

楊曉菁老師　撰

單元三

人情世態

寫在前面

　　《小王子》的經典名言：「從自己和他人的眼中看同一件事，永遠都不一樣。」。置身於社會脈絡中，每個人帶著自己的思想、情感、理想、成見、我執，戴著屬於自己的眼鏡在看這大千世界、社會百態。文學作品是反應千人千面，記錄「一千個人眼中有一千個哈姆雷特」最好的載體。

　　觀察人間群像，我們是否先存著刻板的「預設值」，而忽略了澄澈的本質？本單元收的五篇文章：李屏瑤〈我也是女生樣的女生〉試圖對抗與打破性別的「中央線」；郝譽翔〈日常生活的恐怖〉因一場全球性的疫情，遊走在母職與教職的不安情緒也由之爆發；張經宏〈親愛的瑪麗亞〉、李筱涵〈童仔仙〉、賴和〈前進〉，以笑鬧詼諧、平白曉暢、頓挫失落的口吻，呈現不同社會階級層隱微的精神世界。這些作者，在日常的浮光掠影中，透過既微觀又宏觀的敘事，觀照著女性、移工、罕病病人及家屬、信仰、民俗禁忌、社會運動等議題，而我們透過閱讀、理解、同理、便能發現其中的吉光片羽，找到生命中若隱若現的光。

　　不同的世代面對不同的問題，但不變的是：用心，才能看見事物的本質。所以問題不在「世界」是什麼樣子，而

在於「你」是什麼樣子。在這世上有太多你的、我的、他的不同的視角，表現出的情感、情緒、衝突、矛盾，內心的幽微、理想與反思。關漢卿經歷了世態人情，可以灑脫的說：「賢的是他，愚的是我，爭什麼？」，而我們閒看花開花落，思量往事，落在靈魂深處的又是何種風光？

丘慧瑩老師　撰

我也是女生樣的女生

李屏瑤

　　朋友們在討論喜歡的類型，有人說，「女生樣的女生。」

　　我說，「我也是女生樣的女生。」

　　她們都笑了。

　　女生應該是什麼樣子？女生該怎麼穿、怎麼吃、怎麼丟球？最普遍的男女廁符號，褲子對照著裙子。在習以為常的符號籠罩下，是符號反應了我們，還是我們活成了符號？不穿裙子的女生可以進女廁嗎？穿裙子的男生可以進女廁嗎？覺得自己靈魂裝錯身體的生理男性可以進女廁嗎？手術做到一半但是身分證還沒有更改的人，該走進什麼廁所才會比較安心？

　　我怕燙，貓舌頭，吃飯很秀氣。從小到大，長輩很愛念我「只有吃飯像個女生」。好像放下筷子後，我就立地轉性一樣。筷子拿得遠了，又要被說「以後

會遠嫁」，拿得近了，又說姿勢不好。如同中原標準時間，女生好像也有個女生中央伍，必須時刻對齊。這裡頭學問可大了，從裙子的尺度到頭髮的長度，走路的弧度到坐姿的角度，就連胸部到底該收該放，該擠該束，時時刻刻都需要留心。最難的不是做不到，而是差一點。

總是差一點的女生，永遠像是長不大的孩子，永遠被停留在小學課桌椅前，努力把椅子往前挪，讓身體被擠在桌椅之間的小小間距，非常貼合要求，認真抄寫來自四面八方的筆記。她永遠覺得自己不夠好，做得不夠多，笑得不夠甜。

在十歲之前，除了學校體育服，我可能沒穿過褲子。我是第一個女兒，母親爲我購入大量的裙裝，海量的髮飾，有彩色編織、方塊造型、糖果圖案綁起馬尾還會沙沙作響的，關於女孩該有的固態配件一應俱全。我從沒想過要當一個女生，或者說，我從沒想過我會是一個在制式觀念中失敗的女生。標竿遙不可及，我決定不再嘗試跳躍。

我開始抗拒那些裙子，因爲會被其他男孩子惡作劇，會影響我的活動。長頭髮太麻煩了，後頸很容易流汗，綁起馬尾又會被抓。在我反覆吵鬧，終於順利剪短頭髮的小學五年級，母親打開桌前的抽屜，叫我

看看裡頭滿滿的髮飾，接著嘆了長長的一口氣。多年後，有次跟朋友聊到這件事，她說她也好想剪短髮，但是沒辦法，她男友是長髮控，剪了會有感情危機。

女生是怕體育課的，女生是數學不好的，女生是愛哭柔弱的。我在躲避球場痛宰男生，考試常常滿分，甚至把欺負班上女生的男生弄到哭著道歉（好孩子不要學）。那些關於女生的規範，如同《惡靈古堡》裡的雷射切割線，妳即便躲過一道又一道，最後還是會鋪天蓋地向妳而來，躲都躲不掉。女生面臨的不是玻璃天花板，而是玻璃棺材，言行舉止皆被束縛。看似要等到一個戀屍癖王子救援，逃進婚姻，變成已婚婦女或媽媽之後，這些束縛才會自動降低門檻。接著，又馬上為妳套上新的枷鎖，又有新的規則得去對抗、或是打破。

有很長一段時間，我討厭自己是個女生。這並不表示我想要成為男生，選項從來都不只有兩個，甚至有更多的討論空間，我只是想要得到公平一點的預設值。或者是說，就以「人」的方式被對待，不會因為性別而有任何預設立場。

要再大一點，大概高中，我接受自己是個有點奇怪的女生，更後來，我才發現我就是女生，不論頭髮長度或服裝打扮，我就是一個長成這樣的女生，想要

以自己舒服的方式去生活。當我們說一個女生樣的女生，甚至反過來，談一個很man的男生，那些詞彙都該被適當地搖晃，去動搖那個男男女女的概念，動搖那個所謂陽剛、陰柔，短髮，長髮的對立，讓一切都可以更鬆脫。

直到現在，偶爾還是會在女廁遇到大驚失色的阿姨，連聲提醒我走錯了，而我已經學會平靜地回答：「我是女生啦。」

 導讀

李屏瑤（1984～），臺北蘆洲人，中山女高、臺灣大學中國文學系學士、臺北藝術大學劇本藝術創作研究所碩士。2016年2月出版首部小說《向光植物》、2017年3月出版劇本《無眠》、2018年以《同志百工圖》入圍臺北文學年金、2019年9月出版散文集《臺北家族，違章女生》。2020年起主持podcast《違章女生lalaLand》。

本文選自《臺北家族，違章女生》。作者以自身感受出發，思考人與性別的關係，她並不討論生理性別（sex），而是著眼社會性別（gender）[1]的問題，對刻板印象「女生

---

[1] 社會性別（gender）　在不同的社會中，對應個別所處的環境

樣」的預設立場提出質疑，希望能擺脫長期處於制式觀念下的性別標籤。她說自己是個：「身分證數字開頭爲2，非典型女生樣，過30歲不婚不嫁，其他人都以譴責的目光望向你，這樣的我，感覺像是大家族裡的違章建築，容我以鐵皮加蓋的角度，寫冷暖分明的成長觀察。」全文就是以這般輕鬆詼諧的口吻，自嘲式的討論、思考性別議題。何謂「女生樣」、「男生樣」？誠如作者感慨：「只是想要得到公平一點的預設值」。在今日多元性別的環境中，多一點點討論的空間，鬆動只有二元對立的選項，不再刻板印象或標籤化，應是今日我們面對性別議題應有的態度。

推而廣之，傳統觀念中的「好學生／壞學生」、「陽剛／陰柔」、「有出息／沒出息」、「文言文／白話文」、「傳統／現代」等對立的思考，也應與時俱進的重新討論。

 思辨與對話

> 1. 作者成長的過程，是如何被要求成為一個「女生樣」的女生？面對這樣的要求，作者如何應對，其內心的世界爲何？

對於性別（生理上的）的期待，自然會有其不同的文化型態，因而具有不同的性別期望、角色與互動的存在，因此可以說社會性別是源自於社會化，是社會給予給男性和女性自社會所建構的非生物特質。（資料來源：教育WIKI）

2. 在你成長的過程中，性別刻板印象是否造成你的困擾？對此你有什麼想法？在他人眼光與自我堅持之間，如何取得平衡？
3. 刻板印象與標籤化無所不在，身為多元化社會的一分子，如何避免落入這種制式化的框架中？

延伸閱讀

1. 卡洛琳‧克里亞朵‧佩雷茲（CarolineCriadoPerez）著、洪夏天譯：《被隱形的女性：從各式數據看女性受到的不公對待，消弭生活、職場、設計、醫療中的各種歧視》（*Invisible Women: Exposing Data Biasin A World Designedf or Men*），臺北：商周出版社，2020年。
2. 芭芭拉‧沃克（*Barbara G. Walker*）：《醜女與野獸》（*Feminist Fairy Tales*）（本書從1996年開始在臺出版後，至今有眾多出版社翻譯出版）。
3. 電影《關鍵少數》（*HiddenFigures*）（2016）、《時尚女王香奈兒》（*CocoBeforeChanel*）（2009）。

丘慧瑩老師　撰

日常生活的恐怖

郝譽翔

　　當疫情來臨之時，這一座小小的島嶼上，彷彿只剩下了我和女兒兩個人，就像是銀河系裡的兩顆孤星，而我就負責二十四小時繞著她不停地旋轉，轉到頭昏腦脹，轉到今夕已經不知是何夕。

　　據說得到重病的症狀之一，就是突然間會感到無法呼吸，而我竟經常也產生類似的錯覺，以為自己是得了病。一大清早，我趁著燒開水煮咖啡的空檔，趕緊去陽臺洗一大籃子昨天換下來的衣服，一邊聽到水壺正在廚房的爐子上咕嚕嚕地響，而響聲愈來愈急，我趕緊加快了手中的動作，一轉頭，卻在無意中瞥見了陽臺以外一大片的城市公寓，有如死寂的靜物一般，灰撲撲地躺在陽光裡，就在那一瞬間，我忽然覺得自己喘不過氣。

　　但其實沒有，我還在呼吸著，空氣還在胸口的

兩片肺葉之間流動，一邊這樣怔忡[1]忐忑，一邊卻不能停下手中的動作，因為眼前還有太多的家事在等著我，從早到晚有煮不完的三餐，洗不完的衣服，還有收拾不完的碗盤和杯子。我生平第一次嘗到了全天候當家庭主婦的滋味，而每一次的呼吸都是在為別人而活，於是就在一吐一吸的空檔之中，我經常陷入哭笑不得的恍惚，幾乎窒息。

今天早餐到底要吃什麼？已經連續吃了一星期的烤吐司，是否該改吃麥片粥？還是水果加優格？而煩惱完了早餐，就該換午餐了，要吃牛肉麵還是咖哩飯？如果吃咖哩飯，那麼晚餐又要吃什麼呢？我已經竭盡所能，把自己會的菜色全部端上餐桌了，但每一天卻都是新的考驗，一張又一張空白的習題等著我去填寫。這是有生以來最漫長的一次考試，沒完沒了，而且看不見底，解封的日子遙遙無期。

不但擔心吃什麼，還得擔心吃多了會發胖。我上網買來一臺跑步機，每天敦促著女兒跑，於是日常生活的軌跡就變成了吃，吃完了去跑，然後跑完了再去吃，我們活像是一對困在鐵籠子中的白老鼠，反覆沒

---

[1] 怔忡（ㄓㄥ ㄔㄨㄥ） 惶恐不安，驚悸的樣子。

完沒了地自虐。

　　但我還算是幸運的，捧著有教職的鐵飯碗，不必煩惱少了收入來源，頂多只是在廚房裡坐困愁城罷了，不敢再抱怨，而且也沒時間抱怨。我得趕著在中午一點以前把飯煮好，女兒才來得及上一點半的遠距教學課程，老師會準時上線一一點名。我趕緊啓動搜尋雷達，在冰箱冷凍庫的角落搜到了一盒水餃，這可是緊急時的救命良方，於是急匆匆燒了一鍋子的滾水，再把白白胖胖的餃子全咚咚丟入。餃子在鍋中載浮載沉的，活像是滅頂的人正在掙扎求救，而我一怔忡忘了把爐子轉成小火，最後水滾過度，餃子一瞬間全開了花，皮肉分離，肚破腸流。我只好手忙腳亂把餃子撈起，一邊安慰自己，反正吃到嘴裡全是一樣的，便趕緊喊女兒來吃中飯了。

　　趁女兒吃飯的空檔，我得轉身回去收拾廚房，一邊盯著時鐘上的分針秒針在滴答競走，居然一轉眼又是一點半了，我於是又得趕緊擦乾雙手，喊女兒去上課。她答應了，一溜煙兒轉進房裡，我也收拾好廚房的戰場，才好不容易可以在自己的電腦前坐下來，收收E-mail，瀏覽一下臉書，順便爲好友按幾個讚，同時打開電視收看兩點鐘的疫情記者會。我對官方公

布的數字逐漸感到麻痺，於是又轉臺看了幾位名嘴開罵，這時又忽然聽到女兒在房內大喊起來，原來是線上的導師時間結束了，要我去檢查她寫好的功課。

我只好起身來到她的房間，打開她的Google Classroom，總是得要深呼吸好幾次，才能夠耐住性子，一門功課接著一門看下去。也真是難為這些小學老師了，第一次挑戰線上教學，出的作業簡直是五花八門，有的要在線上填寫表單，有的必須拍照上傳，而國語要寫讀書心得，歸納課文大意，數學有習作也有測驗卷，自然課要做實驗還要自製樂器，美術課要摺紙加上素描，音樂課要演奏長笛，錄影上傳唱《丟丟銅》，還規定畫面中要出現可愛的笑臉。

只有體育課最讓人開心，我們什麼都不用做，只要看影片中的老師賣力做體操，就像是在看戲一樣，女兒邊吃點心邊看得哈哈大笑，於是一節課就這樣溜走了。

一天也就這樣過了。我好不容易處理完女兒的線上課程，眨了眨眼，不敢相信窗外居然已是黃昏，豔麗的紅霞布滿了天際，彷彿就和過往的日子沒有什麼兩樣，而地球繼續轉動下去，黑夜依舊在無聲無息之中到來，眼前的一切如常，讓人渾然不覺有病毒的威

脅存在。

　　我看窗外逐漸黯淡的天色發呆，但一個家庭主婦沒有空閒的權利，牆上的時鐘提醒我，又該是晚餐的時間到了。可我該煮什麼才好呢？我心中一邊嘀咕著，一邊不免暗自驚嘆在孤島上的日子，時間居然過得比平常還快，從起床到現在，光在一連串瑣碎的吃喝雜事之中打轉，什麼大事也沒做，而一天竟也就如此過去了。日復一日，日日相同，落花流水，逝者如斯，不捨晝夜[2]，我竟莫名生出了一種歲月靜好的錯覺。

　　我卻又清清楚楚地明白，這只是錯覺，因為這一回分明是口燥脣乾的大難。而大難於無形之中，更讓人駭然[3]。

　　但我已經沒有時間再去思考了，因為時鐘的指針已經滴滴答答走到了六點半，我非煮晚餐不可了。我不得不打起勁，提著疲乏的身子走到廚房，再度啟動自己的搜尋雷達，看冰箱中究竟還藏著哪些食材，可以讓我變出一桌神奇的晚餐？就在同時我卻又覺得

---

[2] 逝者如斯，不捨晝夜　《論語·子罕》：「子在川上曰：『逝者如斯夫，不舍晝夜。』」光陰、事物的消逝如同河水流去般迅速，永不停歇。
[3] 駭然（ㄏㄞˋ）　驚恐的樣子。

胃口全無，置身在一個島國典型的夏日夜晚，悶熱潮濕的空氣沉沉包裹住我，周圍有細小的蚊蚋在嗡嗡飛舞，我卻既倦怠，又感到一絲說不出口的冷。當每個人都隔絕在一座自己的小小孤島，彼此相忘於江湖的冷。

這是日常生活中的恐怖，填滿了一個家庭主婦的二十四小時。我們必須努力活下去，並且努力吃飯，從早餐、中餐到晚餐，還得要小心不可發胖，要努力在跑步機上原地奔跑。我們要更努力把口罩戴好戴滿，並且假設所有的人都染了病，只要他們一張開嘴巴，就有可能朝我們噴出致命的病毒。我不禁想起了古代是如何對待痲瘋病人的，就如同傅柯《古典時代瘋狂史》中開宗明義所說，那在「社區邊陲，城市門旁，邪惡停止出沒的地域」，那「以怪誕咒語召喚著邪惡的新化身」。

 導讀

郝譽翔（1969～），原名郝蘊懿，父親為山東人。小時父母離異，成長於臺北。臺灣大學中文系博士，現為臺北教育大學語文與創作學系教授。著有小說《洗》、《逆旅》；散文《回來以後》、《溫泉洗去我們的憂傷：追憶逝

水空間》；電影劇本《松鼠自殺事件》等。細緻描繪女性情慾與身體，也拉出旅行與家族書寫面向，爲當代重要的小說家與散文家。

　　本文選自《孤絕之島—後疫情時代的我們》，是作者回顧疫情時生命政治的散文作品，具體化多重社會身份作者在疫情下常民生活中所面臨的恐怖，牽涉作者對諸多議題的感受與反思，如照護者與被照護者間的倫理、母職身兼照顧、養育、教育的多重壓力、女性生命主體的維護等。這些議題又再疊加上Covid-19在疫情時代引發的社會與家庭衝擊，諸如對呼吸道疾病的恐懼、隔離帶來的身心課題、遠距授課/上課對老師、家長、學生三方的學習適應與數位落差焦慮。在此後人類疫情情境，人類除了在賽伯格面向浸淫於數位工具、數位社群等科技義肢，獲取防疫資訊與維持生命狀態的正常，也在數位與現實層同時面臨「例外狀態的常態化」。各國政府以衛生與安全爲名，程度不一地進行特殊的治理模式，封城、數位監控、疫苗護照、停課等緊急行政措施成爲呼吸般自然的事物，卻也不乏對個體生命帶來侵權的恐怖之意。文末引出傅科對生命政治的思考，本文於焉從女性視角爲始，進行對疫情下日常生活中生命界線的防護/越界的反身性思考，將視角拓展至非疫情時，以及後疫情情境中的「恐怖」。

思辨與對話

1. 本篇題名為日常生活中的恐怖，請討論疫情時代日常生活中充斥的恐怖為何？家庭主婦身份與這些恐怖情境有何關聯性？

2. 以家庭主婦來說，日常生活（非疫情時以及後疫情）情境下的「恐怖」為何？

3. 文末引用傅科（Michel Foucault，1926～1984）《古典時代瘋狂史》。此書觀察十七世紀理性主義興起後的歐洲開始以體制化的方式排除痲瘋病人等「瘋癲」之人，劃分理性與非理性，心理健康開始成為現代醫療的判準。請討論作者在此作品引用傅科思想的用意為何？

 延伸閱讀

1. 傅科著，林志明譯：《古典時代瘋狂史》，臺北：時報出版，2016年。

2. 黃涵榆：《閱讀生命政治》，臺北：春山出版，2021年。

3. 卡繆：《鼠疫》，臺北：大塊文化，2021年。

劉威廷老師　撰

親愛的瑪麗亞

張經宏

一

　　女人跟傑森的導師通電話，樓上地板的吸塵器嘰嘰叫，是瑪麗亞。「老師，妳等一下。」女人摀住電話，扯開喉嚨朝樓上吼：「跟妳講樓上今天不用掃，妳是要講幾次？」機器嘎嘎停止，樓梯邊露出一張黑油色澤的大臉，頭髮披在肩上：「啊妳傑森的地上到處都是吃，不弄很髒。」瑪麗亞講話怪怪的，經常語序顛倒。

　　「跟妳講過的事妳要記得，不然請妳來幹甚麼？」女人朝樓梯狠狠白過一眼，繼續講她的電話：「對不起喔老師，傑森最近讓妳這麼頭痛……」

　　瑪麗亞回到樓上，拔出插頭，按下機器身上自動收拾電線的鈕，拖曳一地的電線像蛇一般迅速竄動。一隻腳從隔壁房間伸出，踩住電線插頭。

　　「吵死了。」是個滿臉痘痘的胖男生，肥胖的

手往瑪麗亞的屁股「啪」一下，擠擠兩隻老鼠般的眼睛：「等一下我媽又上來念我，妳就死了。」

瑪麗亞不理他，把電線扯過來收好，悄聲下樓，走進地下室樓梯邊的小房間，拿起水杯喝水。

她一屁股坐在小桌子上，樓上的女人還在講電話，不怎麼口渴的她把塑膠杯裡的水喝乾。上面廚房垂掛而下的幾盆植物，有些枯黃的葉子黏住盆口，等一下先整理那邊好了，其他的等女人出去再說。

她抬眼望向這住了一年多的小房間，一半隔成儲藏室，堆滿客人送來的酒、沒拆封的床包、樓上擺不下的陶瓷娃娃、風水盆，上個月才買的變速越野腳踏車。另一半邊是她的床，一張檯燈小桌。

瑪麗亞第一次進來這裡，發現連自己的房間都鋪有木地板，天花板跟樓上一樣裝潢過，開關一按，燈光不是往頭頂罩下，而是從兩壁牆板縫投射出來，看著玻璃上的倒影，她覺得自己還真漂亮。那禮拜打電話回家，家裡的人問她住得好不好，「太棒了。」語氣愈說愈急：「這邊地板比家裡的床乾淨，十個人都躺得下，我上廁所別人看不到。」

門外再下去半層是地下室車庫。每天早晨這戶人家除了阿公，都會從她門前經過。那個傑森每次趁母

親在底下熱車，揹書包探頭進來，唇邊露出饞涎[1]的笑：「妳昨晚一個人在這裡幹甚麼呦？不要以為我沒看到喔。」瑪麗亞抓起水杯，作勢丟往傑森頭上。傑森一閃，下樓坐車。

「瑪麗亞，」床腳的牆壁上一具擴音器，樓上女人喊她。「等一下推阿公出去。」聽見那聲音，瑪麗亞總懷疑有人在天上講話。她老懷疑那具布滿黑色小孔洞的盒裡藏有針孔攝影機，搞不好她打一個噴嚏、搔一下腋窩，主人臥室都看得到。

幾分鐘後，女人帶傑森經過她房門，到地下室開車。星期天下午；女人先帶傑森上數學和英文，自己則去做SPA、瑜伽，傍晚傑森補完習，再過去載他。傑森的父親是一家科技公司的經理，經常新竹臺中兩邊跑，很少在家。

家裡只剩下瑪麗亞和老人。瑪麗亞坐在飯桌邊，從褲袋裡掏出皮夾，看著母親和幾個弟弟的合照，翻過來是她和威利的相片，兩人一前一後站在碼頭一艘遊艇邊，身後的威利笑得露出兩排牙齒，照片底下印有日期。

---

[1] 涎（ㄒㄧㄢˊ）　唾液、口水。

飯桌角落的老人歪著臉，嘴巴半開坐在輪椅上，朝她這邊望了許久。瑪麗亞不高，老人的眼睛無法看上看下，只能盯住眼前的東西，這個眼神很像在看她的胸部。

　　「看甚麼看？」瑪麗亞搖晃上半身，胸部故意撐了兩下，老人喔喔出聲，聽不懂說甚麼。

　　推老人出去散步是瑪麗亞每天最愛的工作，早上一次，下午一次。除了出來蹓躂，她可以趁機跟幾個同鄉在公園聊上一陣，至少老人不會碎碎念，回去更不會告密。通常他們印尼幫在惠來公園碰面，大家先使個眼色看哪個顧人怨的主人在附近出沒，如果沒有，幾個慢慢往大榕樹底下靠近，假裝不期而遇，瑪麗亞推一個，露西推一個，有時候琳達、凱瑟琳也來，大家把各自的老人放在樹下，圍成一個小圓圈成講話姿勢，然後她們坐在輪椅後面幾步的椅子上聊天。從一開始「你哪裡來的啊？」「怎麼想來臺灣？」到後來「老家樹林裡的老虎跑到小學教室把學生咬去一條腿。」「弟弟的老闆去部落做生意，頭被土著割去。」「上個月奶奶床下抓到一條蟒蛇，拖出來有兩輛卡車長。」聊完家鄉，她們聊昨天主人家裡發生的事，他們家看的節目、看完節目做什麼、吵什麼，為什麼會吵架的話題。

瑪麗亞告訴露西，她最期待樓上的主人喊：「瑪麗亞，來幫忙吃。」然後故意等個一兩分鐘，再上到一樓廚房，趁他們離開飯桌，幾盤剩菜撥進碗裡吃個精光。露西問他們家都吃什麼？瑪麗亞想了一下，把市場聽來的紅燒蹄膀、獅子頭、五更腸旺等菜名念給露西聽。露西家鄉拜的是真主阿拉，瑪麗亞說的幾道菜都跟豬有關，她還是聽得口水直冒，不停呃動嘴唇。「那是什麼味道？真好，果然住七期的跟我們不一樣。」

　　露西的表情讓瑪麗亞有些得意。有時她會刻意打扮，偷偷塗一下主人的粉餅，揩[2]一點唇膏抹上，這使她本來就性感的雙唇更加迷人，「今天妳好像安潔莉娜裘莉啊。」露西這樣稱讚過她。露西的主人住在幾條馬路過去那邊，為了能跟她講到話，必須把輪椅推得飛快，才能來到這邊。她不能太晚回去，通常只聊了一下就回頭，送老人回家。

　　下午的公園裡，來了幾個像她這樣推老人繞圈圈的看護。露西沒到，琳達、凱瑟琳也不見蹤影，少了她們，瑪麗亞很快沒勁，在幾條小徑懶懶逛著。太陽不算大，有的輪椅上頭罩下一塊遮陽蓋，躺坐裡面的

---

[2] 揩（ㄎㄞ）　擦、抹。

老人像個膨脹之後瘦瘦下來的蒼白嬰兒。有的彼此擦身而過時，老人用力擠出眼泡裡的眼白，好像想跟對方說話，而對方的兩片嘴唇顫抖，一句也說不出來。兩輛輪椅靠在一起停了幾秒，算是打過招呼，瑪麗亞朝這些陌生的看護微微一笑，各自往前逛去。

她走到涼亭附近，一個肥胖的禿頭男子坐在長椅上，要笑不笑地望向她這邊。瑪麗亞早就注意到他，那個禿頭不管她走到哪裡，總是盯住她看。草地那邊站幾個人，她趕緊往那邊過去。兩個小孩的風箏線纏在一起，他們爸媽的手上各自提住一塊扯裂的尼龍布大聲爭吵，誰也不讓誰。還是早點回家好了，她把老人推到人行道上，往社區這邊過來。

「瑪麗亞，這麼快就回來啦？」櫃檯後面的管理員喊她，瑪麗亞點頭，繞過社區的噴泉花園，推老人進屋裡。

牆上掛鐘響起一陣音樂，離女人回來還有一段時間，瑪麗亞懶懶地躺在沙發上，不知做什麼好。電視櫃上立著一幀相框，裡面一個裸身的精瘦眼鏡男，下半身草綠色軍褲，雙手叉在胸前，鼓出兩塊薄薄胸肌，斜指一把槍，眼神睨[3]向照片外的世界。幾次男

---

[3] 睨（ㄋㄧˋ）　斜著眼睛看。

人趁女人上洗手間，走過來嘻嘻問她：「妳知道那是誰？」瑪麗亞心想你問兩百次了，還是眯著眼回答：「那是你呀。」男人呵呵笑，捏她屁股一把。

想到這裡，瑪麗亞撮起雙唇，朝照片裡的男人輕輕啐了一口。這對父子還真像，都喜歡對她動手動腳。她整個癱在沙發裡，打算先喝杯果汁看個電視，坐在她斜對面的老人，一進門又開始盯著她看。露西教過她一招，「罰他面對牆壁啊，看還會不會那麼愛看？」瑪麗亞沒那麼做，畢竟老人沒對她怎樣。

她突然想到，前天晚上傑森塞給她的作業簿還沒寫完。笨小孩書不知怎麼念的，老是被老師罰寫。「來，每個單字給我寫五十遍。」趁媽媽講電話，傑森把作業簿丟她桌上。

瑪麗亞問過傑森，「你們老師沒看出來，我們的字不一樣？」

「放心啦，她只想處罰人，不會認真看。」傑森說：「禮拜天晚上我過來拿，妳好好寫，不然我跟媽媽說妳偷吃冰箱的巧克力。」

這個壞小孩，居然敢威脅她，而且還監視她，搞不好都是女人教的，她還是小心一點的好。

瑪麗亞的英文還算不錯，有天她出來倒垃圾，遇

到一個傳教的年輕男孩，他們教會老愛在紅燈時靠近摩托車騎士身邊，跟人打招呼聊天，綠燈了還在介紹他們的上帝，後面一排車叭個不停也沒聽見。瑪麗亞很喜歡他們的制服和笑容，他們用英文聊天時，男孩深深的眼眶裡滿是笑意，露出好看的虎牙。他問她從哪裡來，過得快樂嗎？一成不變的生活茫然嗎？他希望她有空能去教會，如果她有生活上的問題，教會的弟兄很樂意幫忙解決。

　　瑪麗亞告訴男孩，她不能去那邊，她是來這邊是工作，不是來生活。他們站在垃圾箱旁邊聊了十幾分鐘。「喔，那妳要加油，掰掰！願上帝祝福您！」跟她說再見後，男孩騎上腳踏車繼續找其他路人，瑪麗亞看著他高瘦的背影，不知怎地又想到家鄉的威利。

　　她和威利不算正式交往，只能說彼此互有好感。一群朋友聚會，威利會特別過來跟她說話，散會後騎車送她回家。她坐在他向叔叔借來的摩托車後面，頭髮被橡膠林颳來的黏膩晚風扯亂在臉上，幾絡[4]髮絲貼住他黝黑的肩胛。有幾次她真想跟威利說：娶我吧。我願意的。

---

[4] 絡（ㄌㄧㄡˋ）　量詞，計算絲、線、髮、鬚等的單位。

後來她選擇來臺灣。一個月後，弟弟說威利去泰國工作，後來就沒消息了。

摩門教男孩和她的談話被巷口一個婦人聽到。「想不到妳家那個瑪麗亞英語這麼好，跟阿兜仔可以講歸半哺。」婦人建議女人，乾脆找她當小孩的家教老師。「現在英語這麼重要，有這種免錢的，不會趁伊還住妳家，讓囝仔多學一些？」

「拜託，英語好有啥麼用，以後囝仔若變成跟伊同款，不就悽慘？」女人這樣說時，似乎想到什麼，把瑪麗亞叫過來：「以後沒事不准跟小孩講話。」瑪麗亞不明白這什麼意思，嘴裡說好，心想妳那胖小孩又臭又沒禮貌，誰要跟他說話。

不到半個小時，瑪麗亞寫了幾百個單字。她邊寫邊想到以前跟同學到漁港打工，晚上威利過來載她，一邊騎車一邊唱。Lady Gaga，羅賓威廉斯的歌。忍不住哼了起來。有幾次唱得太忘我，男人從地下室上來推開門：「嘎嘎嗚嗚的，妳是蟑螂啊？」

還好現在，樓上只有老人，她可以大聲唱歌。

二

電話鈴響，是女人打來。他們去逛百貨公司，八點才回來，要瑪麗亞先洗米下去煮，晚一點男人也會

回來，記得把頂樓陽臺的衣服收下來。「還有我們房間的地板、小孩房間順便整理一下。然後問她：「阿公還好吧？」沒來得及回答，電話斷了。

瑪麗亞雙手叉在胸前，還是先打掃主臥室好了。女人念過她幾次，是沒人教妳掃地嗎？怎麼地板這麼多頭髮？她低頭看著女人翹腿坐在床沿，腳尖向下彎，鞋尖指住地板上的兩根髮絲，心想妳用錯洗髮精了吧？我可是拿魔鬼氈來回黏好幾次哩。她趕緊蹲下來，指腹壓住地板，將髮絲拈起。

電話又響了，還是女人打來的。提醒她二樓不是有餅乾屑沒清？還有老人吃的粥記得先熱過再餵。「還有什麼沒說的？」

「應該沒有吧？我等妳再告訴我。」

太好了，從現在開始，她起碼有三個小時享用這個家。瑪麗亞開始想像整幢屋子是她的宮殿，電視、冰箱、音響任由她使用，每層樓每張床想怎麼躺就怎麼躺，鏡子前愛怎麼搔首弄姿隨自己高興。當然她是個勤快的公主，弄皺的床單她會趕緊拉撐扯平。她還偷穿過女人的內衣，站在穿衣鏡前面，擺幾個安潔莉娜裘莉的表情。女人的內衣都很緊，好幾次繃得她喘不過氣，她懷疑女人練過縮骨功，不然怎有辦法把那

麼多肉撐進一塊抹布大小的襯衣裡？

　　整理好主臥室，地板上的每條接縫從頭巡到尾，她又跪下來仔細張望哪裡需要加強，放倒拖把，推進床底下來回揮動。

　　咦，這是什麼？

　　垂到地板的床套後面，有東西躲在拖把抵住的那個地方。瑪麗亞揮了幾下，那東西很靠近牆壁這邊，又推了兩下，那東西縮到更裡面去。她趴下來歪頭張望。

　　暗淒淒的角落，躲著一桶很像蚊香盒的東西。

　　靠在陰暗處的東西不太願意出來見人，她決定勾它出來。是一疊厚厚的光碟片，上面用簽字筆寫上各種編號，其中幾片標上星星符號，最多有三顆星。

　　不知為什麼，她捧光碟片的手抖得很厲害，有種「找到了」的感覺。一定是不看後悔、看了一發不可收拾的東西，不然怎會藏在這邊呢？

　　瑪麗亞既害怕又好奇，還帶著些微的興奮。這是她能看的東西嗎？她遲疑幾分鐘，捧起那疊光碟，往樓下走去。主臥室跟樓下客廳都有放影機，她還是在客廳看好了。就算真的是不該看的東西，跟她一起看的老人也不會說出去，何況大半時候他在睡覺。而

且不就可能是那種東西，她才想看？她為自己感到好笑。

她挑了一片三顆星的片子推進播放匣，蹲到螢幕前等畫面出現。在她身後的老人像是等媽媽播放卡通的兒童，眼神比平常晶亮。

「阿公，一起看囉。」瑪麗亞想，搞不好是高爾夫球的教學影帶。

果然……；不是教學錄影帶。瑪麗亞鬆了一口氣，跪在電視機前的她雙頰脹得通紅，心臟噗噗跳，空氣一下子熱燙起來。

她回頭看了老人一眼，蒼白的臉皮浮出些微血色，目光黏在螢幕上。她想再演下去都差不多，頂多加一個男的或兩個女的，乾脆把他們快轉。

一下子就演完了。瑪麗亞不明白，為什麼這一片會標上三顆星？幫片子標上星星的男人到底在想什麼？她又挑了一片來看。裡面還是三個四個疊在一起，有男有女趴上趴下，玩得不亦樂乎。這下大概有點明白，原來主人喜歡這種口味。她又準備快轉，螢幕上那副器官的主人站了起來，走到床邊坐下，露出很舒服的微笑，等跪在地上的兩個女人比賽誰先爬過去。

瑪麗亞哭了起來。

「怎麼啦？」看見瑪麗亞帶著淚漬的臉，露西把輪椅推到樹下擺好，往瑪麗亞這邊過來。

還沒開口，瑪麗亞的眼眶又濕了。她抿了幾下顫抖的厚唇說，她做了一件上帝不會原諒的事，而且馬上就被上帝懲罰。她真是罪有應得。

露西聽不懂她說什麼，「沒關係，妳的上帝這兩年放假，沒有跟我們來這邊，這邊都拜阿彌陀佛，沒關係的。」從口袋掏出衛生紙給她。

瑪麗亞告訴露西，上禮拜她把主人藏在床底下的片子偷出來看。

「天啊！」露西大喊：「妳家主人還好吧？他需要看那種片子？」

「對啊，有這麼多。」兩手比出一個高度，「而且他還會捐我屁股。」

「誰叫妳屁股那麼翹了。」露西說：「妳小心一點，搞不好哪天他太太不在，妳就被他那個了。」

「不要嚇我。」瑪麗亞趕蒼蠅似地朝露西揮了一下：「不是跟妳說過我有一個喜歡的男生？他在片子裡面當男主角，嗚⋯⋯」又哭了起來。

「真的是他？你們不是很久沒見面？」

「不會錯的。每天晚上睡覺前，我都會看一下他的照片。」打開皮夾，把照片借露西看。

像是發現令人興奮的事，露西大叫：「哇！安潔莉娜裘莉！布萊德彼特！」照片抽出來湊到鼻端，好像那樣看比較有感覺，眼神流露愛慕的神色，又翻過背面，喃喃念著幾個英文字：「Dear Maria: Be Happ!」

瑪麗亞止住哭，看著露西有點中邪的表情，好像那張是特獎彩券，指尖快把照片捏出粉來。她趕緊從露西手上搶回來。

「他拍的片子，」露西有些害羞地問：「應該很好看吧？」

瑪麗亞有點生氣。露西也看出來了，趕忙說：「搞不好他還喜歡妳，妳來臺灣他不想輸給妳，為了多賺一點，才去拍那個。」

露西安慰人的理由有些可笑。瑪利亞繼續說出她的擔憂：「裡面有的男人跟女人那個後，又跟男人那個。如果威利也是這種人，那我怎麼辦？」

「這種事又不好意思打電話回去問。不然妳就再檢查看看嘛，也許其他片子裡還有他，事情可能不是妳想的那樣。」

「我不敢看，我怕我邊看邊哭。」

露西咂咂嘴唇說：「真是的。我又沒住妳家隔壁，不然我過去幫妳看。」

「真的？妳願意過來？」

「那也要趁我老闆全家出去。」

「妳真的肯來？」

「真的？我可以去妳家？」

「這邊也要等他們都出去。」

時間講好後，她們各自推老人離開公園。

兩天後的早上九點，瑪麗亞從冰箱拿一罐啤酒給管理員，說等一下一個朋友來幫老人按摩。「印尼式的。」瑪麗亞厚唇微獗，十隻手指像彈鋼琴，在管理員面前來回溜動：「好讓他舒服舒服。」

「喔，巴里島，巴里島。」管理員點頭，露出「妳說的東西我知道」的表情，替她開門。

電視機前，兩個女人蹲在地上時而快轉時而停格，有幾次瑪麗亞看得臉紅心跳，走到門邊瞄一下窗簾外的中庭，手掌不停煽動潮紅的雙頰，再走回來。

「還有這麼多啊？」露西伸一個懶腰，從中間抽出一片，比了一下還沒看的厚度：「我不能待太久的，我的主人快回來了。」

「妳不是説他們中午才回來？再看一下嘛。」

「不行啦，再看下去他要站起來罵人了。」露西扳起手腕，指著輪椅上的老人。

「不會啦，再看十分鐘就好。」螢幕又出現不同的男女，露西按下快轉鍵，跳到下一個回合。背後的老人不停嗚嗚出聲，聽起來像對她們一直亂按。沒有照顧他的權益很不滿。

她們沒理他，繼續盯住螢幕，加強快轉速度。

後面一聲巨響，兩個女人回頭，老人站了起來，整張臉朝下，包住紙尿褲的屁股朝天趴趺在地。

她們衝過去抬他起來，匆匆收拾光碟，瑪麗亞送露西離開。

三

不曉得為什麼，傑森最近不太理瑪麗亞，也沒丟作業給她寫，經過她房門口一溜煙就下樓，不像以前過來「啪」一下她的屁股，好像地下室那間是鬼屋。吃飯時故意不跟她的視線接觸，像做了虧心事怕被發現，兩顆眼珠在幾個大人臉上溜來溜去。

瑪麗亞注意到他那畏畏縮縮的神色。趁女人在樓下看「今晚誰當家」，她從頂樓收衣服下來，經過他房門口，「最近怎麼啦？」

「沒妳的事。」小孩眼都不抬，揮手趕人。才一轉身，「瑪麗亞。」傑森喊住她。

「怎麼啦？」瑪麗亞抱住整臉盆的衣服，該不會又叫她寫作業吧？

「妳是不是在我爸爸房間找到什麼？」聲音很小，不太像從他嘴裡說出來。

聽見他這麼說，瑪麗亞整顆心臟炸開，胸口用力「砰」了一下。完了，這小孩怎會知道？都是露西害的，叫她從上往下一片一片拿，她偏不要，一定是順序弄亂了被發現。不過傑森的表情不像平常揪到她辮子那樣囂張。他好像有難以啟齒的心事。

她盯住他的臉，那對小豆子眼往鼻樑兩側的窪處縮了進去。

「怎麼？你怎會這樣問？」

傑森站出來，朝樓梯下方探頭，確定爸媽在遙遠的一樓，把瑪麗亞叫到房間裡。「妳別裝了，妳動過我爸爸的光碟以為我不知道。」

這個混蛋，看來他早就偷看過那些東西，怕被爸媽知道，還敢威脅我。瑪麗亞心生一計，「最近你有聽見媽媽跟鄰居說什麼嗎？」她提高聲調：「她到處稱讚你的英文單字寫得真漂亮呢。」

傑森愣了一下，悶悶吐了一聲：「可惡。」

　　瑪麗亞見他氣焰弱了一些，「我知道你要說什麼，你爸爸的事我都不敢講了，你還不小心一點，到時候你媽媽跟你爸爸吵架，你媽媽不想理你爸爸了，看你跟你爸爸要怎麼辦……」

　　「那我們都不要說。」傑森趕緊搶話：「還有英文單字的事，說的人是烏龜。」

　　「我本來就沒要說。我再幾個月，就要跟你說掰掰了，你想想看如果你爸爸你媽媽知道你在看那個……」

　　「不要說了！」傑森浮出驚慌的神色：「我不會再欺負妳了，不過妳也不能說出去。」

　　跟傑森打完勾勾、蓋完手印，瑪麗亞下樓燙衣服。半個小時後，她捧著摺好的衣服送到三樓臥房門口正在打電動的傑森對她使了個眼色。下來二樓，把衣服交給對鏡子吹頭髮的女人，然後下到一樓檢查完門窗，走進飯桌隔壁老人的房間裡，幫他擦完身體換上尿布，看了客廳牆上的電視螢幕一眼，忽然想到皮夾裡的照片，鼻頭一緊，差點哭了出來。

　　她走到地下室推開門，皮夾丟在桌上，身體一倒睡著了。

二樓主臥室裡，穿著睡袍的女人坐在化妝檯前，半仰起頭，扯開一塊面膜敷在臉上。

　　「妳最近有感覺到？」男人坐在床沿，兩手往後撐，瞧著鏡子裡那張頭戴髮簪、只露出眼窩和唇型的臉說：「阿爸最近怪怪的。」

　　那張臉抬高下巴，微微偏過面頰，轉動眼珠想了一下：「是有感覺伊心情不錯，不知在歡喜什麼。」

　　男人的臉沉了一下，「那我們要小心一點，這幾天看見伊一直撐住輪椅扶手，強要站起來。」

　　「你有問瑪麗亞？每天攬伊在顧，伊最清楚——」話沒說完，樓下地板「砰——」一聲，男人從床上彈了起來，他衝下樓去，蓋著面膜的女人跟在後面，傑森也奔下樓來。

　　打開燈的客廳地板上，老人整個趴在電視機前面，一隻手伸向前抓搖控器，軀體僵直不住發抖。

　　「瑪麗亞——」女人大吼一聲。

　　瑪麗亞聽見了。她正在她的夢裡，雙手環住騎車的威利，頭髮被碼頭吹來的風扯亂。她要威利騎快一點，好擺脫那淒厲得讓人想遠遠逃離的喊聲。

　　老人在醫院住了一天，還好只額頭、臉頰黑青，沒什麼大礙。讓人驚奇的是老人的手腳這麼一摔，可

以稍稍伸展活動，也能站起身挪個一兩步，只是還不能說話。鄰居看見站在門口的老人都嘖嘖稱奇，過來問男人，發生什麼事了？

「都是瑪麗亞。」

男人告訴他們，瑪麗亞上個月叫來一個朋友幫老人做印尼式按摩。起先他妻子知道瑪麗亞隨便讓人進來，還拿啤酒請客發了一頓脾氣，把警衛罵得縮進櫃檯裡。後來瑪麗亞解釋，是有一陣子老人的手腳冰冷得厲害，帶老人出去散步時，聽說有個同鄉學過一種活絡氣血的按摩法，她請對方來家裡教她。「就這樣按了幾次，他就自己站起來了。」

那陣子男人家裡接到許多陌生人的電話，他們想跟瑪麗亞的那個朋友學按摩。還好瑪麗亞跟露西套好招，到時就一邊表演一邊說跟外面的按摩差不多，「重要的是用心，要慢慢推，這樣病人就舒服了。」

站在老人身後的男人看見瑪麗亞那樣溫柔地對待自己的父親，心裡有些感動，覺得不讓她留在臺灣太可惜了。看護的期限快要到了，按規定還可以續約一年，瑪麗亞表示她很想念家人，是該回去的時候了。她還在想威利的事，還有萬一老人講話了，可要如何才好。

瑪麗亞離臺前，男人特別商請社區主委頒獎給

她，稱讚她是外籍看護的模範。頒獎那天，在許多外籍新娘和看護面前，瑪麗亞穿著女人送給她的洋裝，站上社區會議室的講臺，接受主委表揚。主人一家坐在臺下，還有露西、凱瑟琳幾個印尼幫的都為她鼓掌，傑森捧著花束羞怯地向她走來，靠近時低低說了一聲：「謝謝妳幫我寫作業。」上前抱住瑪麗亞。不知是音樂太過感人，還是想到以後沒人幫他寫作業，傑森居然哭了，臺下幾個大人看見小孩純真可愛的模樣，呵呵笑了起來。

 導讀

張經宏（1969～2023），臺中市人，臺大哲學系畢業，臺大中文所碩士，曾任臺中一中國文教師。作品曾獲教育部文藝獎、聯合文學小說新人獎、時報文學獎、倪匡科幻小說首獎等，曾任中國時報人間副刊駐站作家。2011年以《摩鐵路之城》獲九歌兩百萬小說獎首獎，被譽為「臺灣版《麥田捕手》」，2014年被公共電視臺改編為「人生劇展」單元劇型式的電視電影，並於同年播出，另著有散文《雲想衣裳》、《晚自習》、《如果在冬夜，一隻老鼠》，小說《從天而降的小屋》、《出不來的遊戲》、《好色男女》、《摩鐵路之城》。

本文選自《短篇小說》第八期，描寫國際移工瑪麗亞，來臺灣擔任看護老人的工作，以瑪麗亞和雇主家人之間發生的事情為主軸，側寫瑪麗亞的友人和遠在泰國工作的男友，交織成一個詼諧有趣，具有諷諭性質的故事，不禁令人莞爾。

　　全文連貫一氣，現實主義色彩濃厚，作者具備敏銳的觀察力，寫作手法高明，人物刻畫生動，情節富於轉折變化，同時反映了臺灣社會所面臨的諸多社會現象和問題，如：國際移工的處境、遭遇、文化隔閡問題，老人長照問題，親子關係與夫妻之間的相處問題，都是相當值得我們反思的議題。

 ## 思辨與對話

1. 本文中的女主角為什麼取名「瑪麗亞」呢？「瑪麗亞」有什麼象徵意涵呢？

2. 臺灣是多元種族融合的社會，如何幫助國際移工適應和融入臺灣社會呢？

3. 我們會稱呼來自歐美國家的人為「外籍人士」，但卻以「外籍勞工」（外勞）稱呼東南亞人士，請說說原因。

4. 社會上有許多弱勢族群的問題，不管是經濟弱勢、種族弱勢，還是階級弱勢，都是社會一直存在的問題，我們該如何用自己的力量去幫助這些弱勢族群呢？

延伸閱讀

1. 藍佩嘉：《跨國灰姑娘：當東南亞幫傭遇上臺灣新富家庭》，臺北：行人出版社，2008年。
2. 顧玉玲：《回家》，新北：印刻出版社，2014年。
3. 張正：《外婆家有事：臺灣人必修的東南亞學分》，臺北：貓頭鷹出版社，2014年。
4. 張正：〈觀看北車的一萬種方法〉，2023年5月12日。網址：https://opinion.cw.com.tw/blog/profile/91/article/9931。
5. 武豔秋著，楊玉鶯譯：〈殯儀館前鳥鳴聲〉〔2020移民工文學獎/首獎〕，2023年5月12日。網址：https://opinion.cw.com.tw/blog/profile/441/article/10055。
6. 林立青：《做工的人》，臺北：寶瓶文化，2017年。
7. 林立青：〈呷藥仔〉，《做工的人》，臺北：寶瓶文化，2017年。

李皇穎老師　撰

童仔仙

李筱涵

　　我記得，有一個版本是這樣。那年夏天，母親穿著一身市場隨處可見最樸素的那種棉質寬鬆孕婦裝，大腹便便，緩緩移步前往正裝潢到一半的家屋現場。據她所說，那是監工。六月盛夏溽暑，我那極度怕熱的母親，竟甘願揮汗如雨，窩在木屑隨電鋸聲四散飛揚的施工現場，見證客廳隔板一一按照設計藍圖生成現在的模樣。噢，略有霉味的木臺當時仍亮麗如洗。木工師傅手勢俐落明快地拋光，層層磨亮我們對未來的想像。

　　新居入厝時，陽光穿透玻璃窗的紅紙，灑落一片豔紅。我還沒來得及習慣房間那股新漆的氣味，我妹就突然來了。甚至等不及我爸從外地工作崗位趕回，母親撐著豐腴身軀站定在講臺，強忍腹肚翻攪間歇疼痛，等，那個遲來的下課鐘聲。（光想到每個月的

子宮痙攣[1]我就不得不佩服我媽）也許有昏厥，總之
她被一干嚇壞的老師簇擁著，手忙腳亂給送到醫院。
推進手術房當晚，命運隨著我妹墜落人間，她沒有哭
聲，嚇壞我們。無言以對，是迎向命運的初始。

自從妹妹出世，我才知道，每個人的時間軸有時
差。有些人，看似過著與常人一樣的生活，其實早被
遺忘在未曾前進的時間裡，像活化石，仍如常呼吸。
說白了，不過是徘徊在十歲前後的狀態，周而復始，
過著節奏如常的日子。

彷彿不那麼好也不特別壞，肉身有些細胞依然成
長老去，她的身體時間無間斷往前，心理時鐘卻從來
沒跟上節拍。旁人總是問她的心智年齡，大概三歲？
五歲？或許十歲有了吧？提問者總未意識到問題本身
有多荒唐，我們的肉身歲數或樹木年輪何曾探知靈魂
感知？然而在世俗醫療制度裡，循環似的檢測就是如
此安放我們的認知。依照「魏氏智力測驗」[2]，治療
師抽起一張卡牌，像童蒙教學後的考試；詢問她關於
數字、顏色還有其他看似簡單，但我也不確定是否只

---

[1] 痙攣（ㄐㄧㄥˋ ㄌㄩㄢˊ）　是指肌肉發生快速且不自主的收縮，
　　有時會有疼痛感或發生機能障礙。
[2] 魏氏智力測驗　用來鑑定智能資優、智能障礙、學習障礙之認
　　知強弱項評估衡鑑的工具。

能這樣回答的問題。醫院的診斷書像粗糙的解答本，我總抗拒接受它宣判妹妹的狀態，無論重度、中度還是輕度，生活的障礙怎麼會有等差？

因為腦中語素的缺席，她說不了太多話。又或者，總是說話的時候，我們接不住那些失序的聲符。只能在她憤怒的情緒發洩裡感覺到一種失語的沮喪。下垂的眉眼，可能掩藏了更多祕密。然而，這個秩序如此緊鑼密鼓的世界；失語，會不會反而是人生更好的狀態？

有時，我仍不免會想，怎麼會這樣？

人生苦難從來沒有什麼原因，突如其來。馬奎斯[3]筆下，那只是來借個電話的女人早已幫我們透視醫療體系的荒唐；她一生最大的苦難，來自那一瞬間跑錯了地方。哪裡出錯了呢，我們的人生。是不夠勤快早起跑遍醫院，掛上已排定幾個月後的罕見疾病門診？還是上輩子做錯了什麼？可能我過早體會無解的

---

[3] 馬奎斯　1927年生於哥倫比亞阿拉卡塔卡，為哥倫比亞文學家、記者，作品《百年孤寂》一書出版時造成轟動，曾於1969年獲頒義大利「基安恰諾獎」與法國「最佳外國作品獎」。1982年獲頒諾貝爾文學獎。2014年過世，享年87歲，為二十世紀具影響力的作家，另有作品《預知死亡紀事》、《愛在瘟疫蔓延時》、《迷宮中的將軍》等。

徒勞，突然覺得不知道確診病名也未嘗不好。坦然
接受某天你就是必然與她連上血緣之線，日子也繼續
流淌過去。但終究是懷胎十月之故，我輕易越過的
那些，卻緊緊牽絆著娘親。臍帶輸送的情感總比手足
體己得多，橫豎跨不過的這道檻，像胎膜層層張開一
道道幾世因緣的羅網，網住母親從現實掉落的心。螢
幕上說法的師父們變成一根根浮木，苦海浮沉，看似
每個漩渦都道盡你意外苦難的人生。我想起《封神》
裡的哪吒，出生時生作一團肉胎，相貌醜陋而被父親
嫌棄為討債鬼。父親總是在接受這件事上，比家族的
女人們更遲緩一點。母親則從土地公廟拿回一本本善
書，早晚絮絮叨叨，關於那些不在此世就在來生的冤
親債主的追討與償還。

　　彷彿遙遠的神話。

　　哪吒也是不長大的，然而周圍親人卻苦不堪言。

　　那鍥而不捨，雙腳勤於奔走在廟宇間的母親，在
念經、參拜與魚鳥放生的儀式裡，屢次展現她生命絕
佳的韌性。我幾乎要忘記，在這個虔誠而原始的迷宮
裡，她曾是一名國中老師。我一度以為啟蒙知識和宗
教迷信是一條分向兩頭的路，然則生命不然，胡攪蠻
纏才是人生實境。文明理性填不起某種無以名狀的無

助罅隙[4]，命運的深處需要有光，才能有希望。

一切驚魂還是來自醫院。

隔著保溫箱與透明玻璃，黑黑一團小粉肉球，緩緩蠕動著。那是我妹。醫生說她早產，胎毛還未落盡，頗類猿猴。

（往後某師父說她上輩子是猿猴轉世，而爸媽是惡質的養猴人，因此這輩子該來討債。那我呢？師父說我可能是一旁偷餵牠食物的那個憐憫者，所以日後的確每次我妹發怒都朝著爸媽丟東西，獨獨對我挺客氣。彷彿都讓師父說中了，這樣的前世今生？）

原來藍光可以去除黃疸[5]，醫療儀器重新排組了我對色彩對比關係的認知，光照下，纖毛的色澤從黑裡透出肉色的微光。一張藍臉，讓人恍惚想起傳說裡的金絲猿，優於人類的靈長類，更多的其實是未知。彼時，我們還不曉得，日後每月餘為她刮除不斷生長的體毛，竟是一場日常輪迴。

日子過得慢一點，也好，沒關係吧，健康就好。我們都接受了這個事實。一直到她二十幾歲，青春少

---

[4] 罅隙（ㄒㄧㄚˋ ㄒㄧˋ）　裂縫。
[5] 黃疸（ㄉㄢˇ）　病名。因血液中的膽紅素含量增加，導致人體皮膚、鞏膜、黏膜變黃的病症，大多見於肝膽疾病及溶血性貧血。最常見的是新生兒黃疸。

女，年華正盛；慢熟的果子未有戀愛煩惱，身子骨倒隨著充盈的血氣方剛，一日日精實起來。她停格的少女身體沒有月事，極少染上急症，像自足的無菌室。反而是我這個虛胖的姊姊，每一季天氣驟降，動輒感冒暈眩；每月受足女人病翻騰絞腹的子宮侵擾。

屢屢進出醫院、月月吞食藥草的我，和智能發展遲緩但身體強健的妹妹；我私以爲這是上天公平的交易。

你選擇健康的肉身，還是正常的心智？

我們姊妹各得其一，已是完足，不然還想怎樣呢。我們終究是凡胎肉骨，無能完整。我後來無聊地發現，無論哪個宗教都暗示著，人爲戴罪之身。人生有缺憾，是無法磨去的罪愆[6]。或許我只是比別人更早一點體認生命的殘缺和它的不可逆瞬間，在我足六歲，剛上小學的時候，變成一個特殊兒童的姊姊，改變我一生的關鍵。

彷彿一切如常，但誰都曉得，一切也非常。

還是在那個儼然如新的大廈窩居。那天之後，母親開始述說各種自咎的故事。又有一個版本是這樣

6　罪愆（ㄑㄧㄢ）　罪過。

的。那年夏天，我媽穿著一身你所能想到最樸素的那種棉質的孕婦裝，大腹便便走到我們正裝潢到一半的家屋現場。據她所說，木工師傅當時提議順便修整冷氣架。（她篤定，一定是那個關口走錯了檻）外婆事後說得信誓旦旦，家裡有孕婦怎麼可以大興土木？鐵則一般的禁忌。婦人懷孕，家裡千萬不能打釘。敲壞床母[7]、驚擾胎神[8]，就會生下畸形兒。

我們觸犯了，鐵則一般的禁忌。

我對這個說法不置可否，如果是這樣，生物課還需要上什麼遺傳學？然而許多年以後，我也對人類用話語建構的生物學感到懷疑，到底一切誰說了算。意外可能是石頭裡蹦出來的吧。悟了這個無常，也就如常釋懷。悟空，原來是這樣。我無所用心地聽著母親訴說那每一個關於母性的禁忌，甚至不曉得爸媽是什麼時候才真正接受事實。可能是度過那個我抱著妹

---

[7] 床母　臺灣民俗中的床神，是保佑幼兒平安長大的神祇。
[8] 胎神　民間的傳說。傳說胎兒的元神有神靈存在，凡是屋內的東西都可能有胎神存在，而且隨著月齡不同，胎神的位置也會改變，所以孕婦不能隨便移動家中的任何物品，或修理任何東西。傳說胎神於特定的時間，存在於特定的場所，如在門時，稱為「胎神占位」；在床時，稱為「胎神占床」。如果在牆上貼一張寫上「胎神在此」的紅紙條，胎神就會在固定的位置，不會到處移動。

妹，隔著衣櫃聽見隔壁房爭執著誰要跳下去的嘶啞喊聲之夜；窗框被「砰！」一聲摔上，彷彿一切沒事安靜下來，黎明之後，秩序又回到日常。

總是這樣。母女仨流浪在一家又一家有罕見疾病科的醫院，清晨六點排隊掛號。抽血，物理治療，早療，檢驗。好奇，驚嚇，尖叫，憤怒，哭泣。所有的歷程和情緒，一次也沒漏掉。母親是那樣堅韌的女人，硬氣，一肩擔起所有。答案等得太久好像也變得無所謂了，我仍然沒接到臺大或馬偕任何一通關於送檢國外化驗的結果。我妹的幾管血液究竟流落在何方，已然變成一大顆時空膠囊，悄無聲息，沉入大海。

最先發聲的醫院，最後對我們無聲以待。

沒有答案的人生，只能一步步走下去。

要面對的難題更在自身之外。

你曉得哪吒為什麼要大鬧龍宮？他天生就是個愛搞事的壞小孩嗎？讀了《封神演義》我才知道，他就是個孩子。天熱就下水洗澡，沒想到攪亂一池龍宮水。後面一連串莫名其妙的打鬥，不過都是因他防身自衛而起。可是社會卻說他叛逆。他是一個不受法律約束的大孩子。法律可以安放所有人嗎？我記得那

時，妹妹的手還小小軟軟，我牽她去社區的溜滑梯。至今我仍清晰記得那些童言童語如何攻擊她非常人的外貌。一個眉清目秀的女孩皺眉看著她，一臉嫌棄和身旁的同伴私語：「矮額，好多毛，像猴子一樣的怪胎，竟然還穿裙子。」妹妹當然是聽不懂的，她只是想要有人能陪她一起玩；我來不及阻止她熱切向前踏進那個赤裸的惡意，一個轉身，她被旁邊的小孩一把用力推下去，幸好地上是軟墊，不見血，只有疼痛。我很生氣，要向那個小孩理論的時候，他的家長竟然瞪我，說我們是壞小孩，邊碎念拉走他的小孩，直說不要靠近我們。小孩的世界有律法嗎？如果規則都是大人訂的，大人走歪的時候，這會是個怎樣的世界？這是個怎樣的世界，人情冷暖，還是小學生的我已知道得一清二楚。小孩最天真，大人身上的善惡，如實投映出人性。社會，就是這樣的世界。猴比人可愛得太多，成為人類，何其扭曲。

十歲以前，妹妹把我拉近人性邊緣，直視它的深邃。心魔相生，對他人，也從自身，出其不意。在我大伯還在世的某年暑假，他曾帶我們姊妹倆去野溪玩水。我坐在巨石上，看著水底扭曲而蒼白的足，看著妹妹的紅色小裙浮在水面展開，像荷花。野溪之所以

野，是因爲岩石之下暗流潛伏。越放鬆，越危險。天熱水涼，妹妹小臉粉白，因快樂染上紅暈，灰撲撲的覆毛之下，藕色修長的雙腿擾亂了底苔，驚動魚群。莫不是龍宮有神靈來尋仇？沒人記得是誰先鬆的手，一陣強勁水流拉走了妹妹。從河流中段，像一顆肉球似的噗通幾聲，滾到了下游。遠方傳來母親的驚呼和求救。我無法分辨自己來不及反應的心思是漠然，還是竟然偷偷慶幸了一刻才猛然驚醒，隨著大人們跑到下游，看我那可憐的妹妹。

往後午夜夢迴，我曾屢屢逼近那個童蒙的黑暗時刻，想著，會不會那一瞬間，我感覺到某種姊妹心靈感應的，終於即將逼近那個令人想哭的自由？世人眼裡愚昧的肉身，怎麼能困住這樣一個澄淨的靈魂？假如當時那片裙真成爲水中的紅蓮，會不會用一種形體的消失做爲骨肉相還，從而度化了我們？

然而紅裙終究承接住妹妹的求生之欲。

而紅蓮，雙雙成爲外婆與母親在佛壇之上，日夜供養的，執念。

 導讀

李筱涵（1989～），國北教大語創系、臺灣大學臺文

所畢業，臺灣大學中文研究所博士生，著有《貓蕨漫生掌紋》。李筱涵為緬甸在臺華人第二代，此書收錄作者從家族出發，以及踏入社會過程中，自我成長的經驗與感悟。其中〈童仔仙〉一文榮獲第十五屆林榮三文學獎散文獎首獎。這篇文章是作者過往生命經驗的書寫，以身為罕見疾病患者的長姐身份，道出罕見疾病家人的辛苦與掙扎。作者既以一旁觀者的視角，描寫母親為生病女兒四處求醫問卜的堅韌與硬氣、智能發展遲緩妹妹的天真與稚拙；同時又以當事人的視角，道出罕見疾病患者的姐姐如何被迫提早見到人性的冷漠與醜惡，並且在妹妹意外落水之時，自己被心魔所困的黑暗心情。

　　每一個新生生命的到來，本當是充滿喜悅與期待的，但如文中妹妹的情況，卻也真實地發生在許多家庭中。這篇文章除了道盡罕見疾病孩童家人的煎熬與辛苦，同時也道出醫學的侷限與盲點，當文明理性無法給予答案時，又不免求助於宗教解答的諸種心理。

　　生命的困頓不是三言兩語可以輕易道盡，每一步艱難的抉擇都可能帶出糾結纏繞的撕扯，或許誠如作者所說：「文明理性填不起某種無以名狀的無助罅隙，命運的深處需要有光，才能有希望。」在無奈的命運之前，只有光才能帶來希望。作者以此文作為生命經歷的回顧，嘗試與年少的自己和解，同時也帶出許多關於個人生命、家庭、社會、醫療、宗教、民俗禁忌等課題，值得一再深思。

思辨與對話

1. 〈童仔仙〉裡作者的母親生下罕見疾病的女兒，面對不可知的命運，作者的母親如何因應與面對？且經歷哪些心路歷程？請舉例說明。

2. 〈童仔仙〉裡提到一些民俗禁忌，例如婦人懷孕，家裡不能打釘等，你認為這些說法可信嗎？又在我們民俗中還有哪些禁忌，是否有道理？請舉例說明。

3. 〈童仔仙〉裡作者曾因妹妹意外落水而經歷了一段「童蒙的黑暗時刻」，引起她對人性黑暗面的思考。你認為作者對於親妹妹為什麼會有這種黑暗心理？又當一個人內心萌生出惡意，在心魔相生之時，應該如何自我面對？

 ## 延伸閱讀

1. 電影：《姊姊的守護者》。
2. 韓劇：《雖然是精神病但沒關係》。

楊菁老師　撰

前進

賴和

在一個晚上，是黑暗的晚上，暗黑的氣氛，濃濃密密把空間充塞著，不讓星星的光明，漏射到地上；那黑暗雖在幾百層的地底，也是經驗不到，是未曾有過駭人的黑暗。

在這被黑暗所充塞的地上，有倆個被時代母親所遺棄的孩童。他倆的來歷有些不明，不曉得是追慕不返母親的慈愛，自己走出家來，也是不受後母教訓，被逐的前人之子。

他倆不知立的什麼地方，也不知什麼是方向，不知立的地面是否穩固，也不知立的四周是否危險，因為一片暗黑，眼睛已失了作用。

他倆已經忘卻了一切，心裏不懷抱驚恐，也不希求慰安；只有一種的直覺支配著他們，——前進！

他倆感到有一種，不許他們永久立存同一位置的勢力。他倆便也攜著手，堅固地信賴、互相提攜；由

本能的衝動，向面的所向，那不知去處的前途，移動自己的腳步。前進！盲目地前進！無目的地前進！自然忘記他們行程的遠近，只是前進，互相信賴，互相提攜，爲著前進而前進。

　　他倆沒有尋求光明之路的意識，也沒有走到自由之路的慾望，只是望面的所向而行。礙步的石頭，刺腳的荊棘，陷入的泥澤，溺人的水窪，所有一切前進的阻礙和危險，在這黑暗統治之下，一切被黑暗所同化；他倆也就不感到阻礙的艱難，不懷著危險的恐懼，相忘於黑暗之中，前進！行行前進，遂亦不受到阻礙，不遇著危險，前進！向著面前不知終極的路上，不停地前進。

　　在他倆自始就無有要遵著「人類曾經行過之跡」的念頭。在這黑暗之中，竟也沒有行不前進的事，雖遇有些顛躓，也不能擋止他倆的前進。前途[1]！忘了一切危險而前進。

　　在這樣黑暗之下，所有一切，盡攝伏在死一般的寂滅裏，只有風先生的慇懃[2]，雨太太的好意，特別爲他倆合奏著進行曲；只有這樂聲在這黑暗中歌唱

---

[1]　前「途」！忘了一切危險而前進　疑是「進」字。
[2]　慇懃（ㄧㄣ ㄑㄧㄣˊ）　這裡指惡劣環境給予的磨難。

著，要以慰安他倆途中的寂寞，慰勞他倆長行的疲憊。當樂聲低緩幽抑[3]的時，宛然行於清麗的山徑，聽到泉聲和松籟的奏彈；到激昂緊張起來，又恍惚坐在卸帆的舟中，任被狂濤怒波所顛簸，是一曲極盡悲壯的進行曲，他倆雖沁漫[4]在這樣樂聲之中，卻不能稍超興奮，併也不見陶醉，依然步伐整齊地前進，互相提攜走向前去。

不知行有多少時刻，經過幾許途程，忽從風雨合奏的進行曲中，分辨出浩蕩的溪聲。澎澎湃湃如幾千萬顆殞石由空中瀉下。這澎湃聲中，不知流失多少人類所托命的田畑，不知喪葬幾許為人類服務的黑骨頭；但是在黑暗裏，水面的夜光菌也放射不出光明來，溪的廣闊，不知橫互到何處。

他倆只有前進的衝動催迫著，忘卻了溪和水，忘卻了一切。他們倆不是「先知」，在這時候眼睛也不能遂其效用。但是他倆竟會自己走到橋上，這在他們自己一點也沒有意識到，只當是前進中一程必經之路，他倆本無分別所行，是道路或非道路，是陸地或溪橋的意志，前進！只有前進，所以也不擔心到，橋

---

[3] 幽抑（一ヽ）　這裡指樂聲低沉。
[4] 沁（くーらヽ）漫　沉浸。

梁是否有斷折，橋柱是否有傾斜，不股慄[5]不內怯，泰然[6]前進，互相提攜而前進，終也渡過彼岸。

前進！前進！他倆不想到休息，但是在他們發達未完成的肉體上，自然沒有這樣力量——現在的人類，還是孱弱的可憐，生理的作用在一程度以外，這不能用意志去抵抗去克制。

他倆疲倦了，思想也漸模糊起來，筋骨已不接受腦的命令，體軀支持不住了，便以身體的重力倒下去，雖然他倆猶未忘記了前進，依然向著夢之國的路，繼續他們的行程。這時候風雨也停止進行曲的合奏，黑暗的氣氛愈加濃厚起來，把他倆埋沒在可怕的黑暗之下。

時間的進行，因為空間的黑暗，似也有稍遲緩，經過了很久，纔見有些白光，已像將到黎明之前。他倆人中的一個，不知是兄哥或小弟，身量雖然較高，筋肉比較的瘦弱，似是受到較多的勞苦的一人，想為在夢之國的遊行，得了新的刺激，又產生有可供消費的勢力，再回到現實世界，便把眼皮睜開。——因為久慣於暗黑的眼睛，將要失去明視的效力，驟然受

5　股慄（ㄌㄧˋ）　形容非常害怕。
6　泰然　攸閒自在的樣子。

到光的刺激，忽起眩暈，非意識地復閉上了眼皮；一瞬之後，覺到大自然已盡改觀，已經看見圓圓的地平線，也分得出處處瀦留[7]的水光，也看得見濃墨一樣高低的樹林，尤其使他喜極而起舞的，是爲隱約地認得出前進的路痕。

他不自禁地踴躍地走向前去，忘記他的伴侶，走過了一段里程，想因爲腳有些疲軟，也因爲地面的崎嶇，忽然地顛蹶，險些兒跌倒。此刻，他纔感覺到自己是在孤獨地前進，失了以前互相扶倚的伴侶，忍惺[8]回顧，看見映在地上自己的影，以爲是他的同伴跟在後頭，他就發出歡喜的呼喊，趕快！光明已在前頭，跟來！趕快！

這幾聲呼喊，揭破死一般的重幕，音響的餘波，放射到地平線以外，掀動了靜止暗黑的氣氛，風雨又調和著節奏，奏起悲壯的進行曲。他的伴侶，猶在戀著夢之國的快樂，獨讓他自[9]一個，行向不知終極的道上。暗黑的氣氛，被風的歌唱所鼓勵，又復濃濃密密屯集起來，眩眼一縷的光明，漸被遮蔽，空間又再

---

[7] 瀦（ㄓㄨ）留　水氣聚積停留不散。
[8] 忍惺　忍痛的意思。
[9] 獨讓他自一個　疑缺「己」字。

恢復到前一樣的暗黑，而且有漸次濃厚的預示。

　　失了伴侶的他，孤獨地在黑暗中繼續著前進。

　　前進！向著那不知到著處的道上。……

 導讀

　　賴和（1894～1943），本名賴河，一名賴癸河。筆名
安都生、孔乙己、賴雲、甫三、灰、走街先、浪等。生於
彰化街市仔尾（今彰化縣彰化市）。1903年進彰化第一公
學校（今中山國小），1907年入彰化南壇（今南山寺）旁
的小逸堂，拜黃倬為師，學習漢文。1909年彰化第一公學
校畢業，同年四月考進臺灣總督府醫學校（今臺灣大學醫學
院前身）第十三期，杜聰明等人是他的同學。1910年在大
稻埕組織「天然足會」、「斷髮會」，杜聰明斷髮，賴和也
有可能於這年斷髮。1917年6月在彰化開設「賴和醫院」。
1918年至1920年期間在廈門行醫，受到五四運動及白話文
運動的影響，返臺後積極推動新文學運動。1921年2月參與
臺灣議會設置請願運動；10月加入「臺灣文化協會」。隔
年，加入蔣渭水發起的「新臺灣聯盟」。1923年10月因為
治警事件第一次被捕入獄，在獄中寫小說及漢詩；隔年出
獄。1941年12月第二次入獄，撰寫〈獄中日記〉。1942年
出獄，隔年1月病逝。

賴和致力於新文學運動的推行，他在〈讀臺日紙的新舊文學之比較〉說：「新文學的工具雖尚未完備，比較多些一點，且以民眾爲對象，不能不詳細明白。自然在舊文學者眼中，就覺其冗長了。所謂認識自我，不過是先秦、楚辭、漢賦、唐、宋，大家的一種便套而已。」主張文章的目的是要讓多數人看得懂，而古典文學與大眾有些距離。後世尊賴和是「臺灣新文學之父」。

　　本文發表於1928年5月《臺灣大眾時報》創刊號中，現收在《賴和全集》散文卷中。文中以「倆個孩童」比喻「臺灣文化協會」分裂爲左右兩翼；以母親喻中國，後母喻日本。這篇〈前進〉道出臺灣的處境猶如孤兒。正因爲是孤兒，所以島上人民應該「互相信賴，互相提攜，爲著前進而前進」。

 思辨與對話

1. 請根據〈前進〉一文，試著說出賴和當時的政治、文化環境與主張。
2. 請問彰化境內有哪些地方，設置關於賴和生平紀念性質的標的物？
3. 請搜集賴和相關的資料，指出他對臺灣文學的貢獻。

延伸閱讀

1. 賴和：〈獄中日記〉，楊瑞明編：《賴和全集‧雜卷》，臺北：前衛出版社，2000年。

2. 賴和：〈讀臺日紙的「新舊文學之比較」〉，楊瑞明編：《賴和全集‧雜卷》，臺北：前衛出版社，2000年。

簡承禾老師　撰

單元四

跨界探索

寫在前面

　　人類的存續，除了現代／原始、文明／自然的拉鋸辯證，如今更面對虛擬訊息與智慧技術對生命體的重新配置，其間固然產生「反人類」或「大滅絕」的隱憂，但同時也讓我們藉此瞻望「跨物種」的星球想像。本單元規劃人與自然、人與科技兩部分，其中蘊含的相關議題，例如人與自然環境的主客體關係（老莊自然觀、社會達爾文主義、浪漫主義、人類世）、人對自然生態的開發與破壞（生態書寫、生態批評）、自然界的自我修復（蓋婭）、電子機器與生物有機體（賽博格、後人類、末世科幻）等，皆在關注人類從自然到科技的跨界探索（對立、互動或共生），進而重新定義人、非人、動物與環境之間的分類範疇及倫理關係。

　　人與自然部分選文收錄施梅樵〈彰化溫泉詩二首〉、夏曼‧藍波安〈大魟魚〉兩部作品。施梅樵〈溫泉試浴〉觸及日治時期古典文人摹寫的地理空間——彰化八卦山溫泉（現不存），而此洗浴行為牽涉日本殖民現代性的衛生觀念之引進，以及溫泉的觀光旅遊功能；〈陪江亢虎遊彰化溫泉〉進而在接待中國政要交誼情境下，互文唐代楊貴妃洗浴典故。〈大魟魚〉以南島民族海洋視角突出達悟書寫的

抵殖民位置，以跳脫漢人中心的詩性語言雜揉羅馬拼音翻譯元素，敘寫出特異的達悟星球。人與科技的選文，收錄嚴復翻譯的《天演論‧蜂羣》，以及楊谷洋〈向機器人科幻大師艾西莫夫致敬的《機械公敵》〉。透過人類社會與蜂群生態的類比，以及機器人對於人類活動的模擬，嘗試在仿生（biomimicry）與擬態（mimicry）的視野之下，探問生物演化的脈絡與人機協作的可能性。

劉威廷、盧世達老師　撰

彰化溫泉詩二首

施梅樵

溫泉試浴

浴場在彰化八卦山，癸酉（1933）秋建設。

頗耐三冬[1]冷，來登八卦山。

靈泉資[2]滌穢[3]，鐵質[4]恐增頑。

水國生春暖，塵容易笑顏。

憑誰能換骨，宿慮一齊刪。

---

[1] 三冬　三個冬天，亦指三年。
[2] 資　供給，幫助。
[3] 滌穢　洗除汙穢。
[4] 鐵質　彰化溫泉，屬於碳酸鐵泉。

陪江亢虎[5]遊彰化溫泉[6]

> 駕輕就熟喜追陪[7]，一日端宜[8]浴一回。
> 太液池[9]邊爭注目[10]，憑誰[11]呼出玉環[12]來。

 導讀

　　施梅樵（1870～1949），彰化鹿港人，字天鶴，號雪哥、蛻奴、可白。先祖自福建省泉州府晉江縣錢江鄉渡臺，卜居彰化鹿港，父親曾任福建福寧教諭，後棄儒從商。施梅樵個性邁爽，重氣節，自幼天資聰穎，讀書過目成誦。光緒十九年（1893），以案首入學為生員，後考取秀才。因清

5　江亢虎（1883～1954）　安徽人，中國社會黨創始人，曾參與辛亥革命。1934年訪臺，後擔任汪精衛政權的國民政府委員，考試院副院長等職，國民政府於1946年，以漢奸罪判處無期徒刑。

6　彰化溫泉　位於彰化八卦山麓，屬於碳酸鐵泉，對胃腸病及婦人病有療效。日治時期曾以泉水加熱，建彰化溫泉公共浴場，名聞一時。現已不存，八卦山上有「溫泉路」，彰化縣志亦有記載可證。原址為現大佛風景區後方停車場。

7　追陪　追隨，伴隨。

8　端宜　適宜。

9　太液池　唐大明宮內曾建太液池，池中有蓬萊山。

10　注目　將視線集中在一點上。

11　憑誰　《臺灣日日新報》作「惜無」。

12　玉環　楊貴妃（719～756），本名楊玉環，號太真，蒲州永樂（今山西永濟）人，唐玄宗寵妃。

廷甲午戰敗，乙未割臺後，絕意仕途，以詩酒自娛，中年後生活困頓，迫於生計，設帳授徒漢學，從臺北至屏東都有其教學蹤跡，曾與同鄉洪棄生、許劍漁及苑里文人蔡啓運共組「鹿苑吟社」，門人有楊爾材、袁飲湘與李櫻航等人。與臺灣眾多詩社都有往來，以彰化、鹿港最爲密切。洪棄生評其詩：「傳諸他日，將在鄭所南之間，擬於本朝，豈居趙甌北之下。」施士洁稱其詩：「雄秀精深，各臻其妙。」陳衍論其詩：「才大心細，元氣充溢，集中佳作，多入神化。」此外，在書法亦有成就，與鄭鴻猷並稱「鹿港雙璧」，求書者甚眾。作品有《捲濤閣詩草》、《鹿江集》、《白沙詩集》、《捲濤閣尺牘》、《見聞一斑》、《讀書劄記》等傳世。

　　臺灣溫泉資源豐沛，清代漢人溫泉活動以治病爲主，日治時期因臺灣醫療不足，鼓勵開發溫泉區。日人也可藉由此彌補思鄉之情，遂從醫療目的轉爲休閒活動。文人在體驗大自然餽贈的溫泉後，不論身心都得到滌塵與昇華，可見當時溫泉活動之興盛。本課介紹彰化溫泉詩兩首，〈溫泉試浴〉與〈陪江亢虎遊彰化溫泉〉均收錄於施梅樵《鹿江集》，藉此可了解消失的彰化溫泉與當時興盛的文人活動。

思辨與對話

1. 請從GOOGLE地圖中,找尋彰化溫泉的遺址與彰化八卦山其他尚存的遺跡或傳說?
2. 除臺灣溫泉之外,自清康熙35年(1696)的《臺灣府志》中,就出現臺灣八景的描述,此後清代的彰化縣(包含今日之彰化、南投、雲林等縣)亦出現彰化八景,請找出彰化八景分別是指哪些地方?

 延伸閱讀

1. 王石鵬〈彰化溫泉觀月〉、〈倒疊前韻〉。請於臺灣文學館線上資料平臺搜索詩作,或掃 QR Code。
2. 林文義:〈北投夜未眠〉,《墨水隱身》,臺北:聯合文學出版社,2020年。
3. 郝譽翔:《溫泉洗去我們的憂傷:追憶逝水空間》,臺北:九歌出版社,2011年。

湯家岳老師　撰

大魟魚

夏曼·藍波安

　　依如往常的，在每天下午的三點鐘左右，心裡總有一股說不出的感覺——潛水射魚。白天若是沒下海，晚上就非去不可。假若白天、晚上都沒潛水的話，這一天，我就不知如何來消磨時間。站在自己尚未建好的房子屋頂，遠眺J-Langoyna（地名、岬角之意）的海流。這一天的波浪不是很洶湧，計算陰曆，潮流不會很弱。我想，也許我有體能能應付的。

　　「夏曼，還要下海？天色就要暗了下來。」父親說。

　　我並不想回答父親的話，以免被他冷卻我正在沸騰的潛水的心而逕自地騎車離去。此刻，在我心中只想著一件事情，就是射個五、六條的六棘鼻魚孝敬他；三、四尾的鸚鵡哥女人魚[1]給媽媽和我微胖的女

---

[1] 女人魚　達悟族群對食用的魚進行分類，分為男人魚、女人

人。如此，這一天才過得很充實，我認為。

六棘鼻魚在冬季時分都是一群一群地浮游至海面。

弱小的浮游生物，有時攝取海溝邊的海藻，尤其在寒流來襲之際數量更多。這種魚喜歡棲息在海流暢通的海域，且皆是逆流洄泳，牠們在下午四時左右會大量地游至近海，游進礁岩洞休息、過夜。在我父親年輕時，射這種魚是十分的容易，因為那時潛水射魚的人少，魚類還不會怕人，只要肺活量好要射多少就有多少。如今，台灣來的漁船不斷地在蘭嶼四周海域炸魚、毒魚，使得很多魚在發現潛水夫時，便很快地逃走。畢竟，魚類牠們也有為了保住性命的防禦智慧。

雖然如此，我們依然可以射到幾尾六棘鼻魚，只是漁獲沒有以前那麼多而已。一九九三年，十二月的某日，當我抵達了自己心中預先決定潛水的海域（雅美人的習俗，在村落裡絕對忌諱討論前往捉魚的地名，避免惡靈跟隨你，驅走魚群）時，發現潮流流勢

魚、老人魚。男人魚較易捕獲，肉質較差；女人魚較難捕獲，肉質軟嫩，優先供女人、小孩、老人食用，男人次之。老人魚肉質較腥，品類少，處理不易，專供有經驗的老人食用。

不會很強，因當時是滿潮。在我潛水的地方，離岸邊雖然只有五公尺的距離，但五公尺之後便是深度廿公尺以下的斷層，在斷層面便長滿好多的珊瑚礁，其上方的平台也是如此，所以吸引了許多的如手指般大的熱帶魚，牠們的艷麗嬌柔實在難以形容。雅美人由於不傷害，也不吃牠們，所以根本就不怕人。

　　我靜靜地坐在礁岩上，觀察流水，洗淨水鏡。看看已西邊的太陽，想著扣除回家的路程的話，我只有一小時多的時間射魚。潛到斷層平台，趴著等待魚，水色不算很清，但水流夾著數不清的浮游生物，並引來許多的浮游魚群，如黃尾冬、紅尾冬的魚。當我潛到海底靜靜地趴在礁岩等待獵物的時候，牠們像蒼蠅般地時而順時鐘，時而逆時鐘地環繞在我頭頂上，由於獵物太多且反應敏捷，加上水底的海流之關係，使我在很短的時間內，困難地開啓槍之扳機。其次，同類科的魚的長相都相同，沒有漂亮與醜陋的差異，唯有大與小之別。因此有好幾回是發空槍，在我射中一尾之後，牠們便在很短的時間之內遠離我到另一個地方去覓食浮游生物。

　　我依然在原地等待六棘鼻魚的來到，潮水越來越滿，天色也逐漸地暗灰了起來。想著，海流是由西

流向東，六棘鼻魚應該會很快的成群成隊的游向潮間帶地海溝過夜的。果然，在不久的幾分鐘牠們開始出現在我的水鏡目測的範圍之內。我再次地潛到海底，企盼牠們快快地來到魚槍的射程之內。由於這種魚喜歡逆流泅行，一上一下的攝取浮游生物，有時牠們潛到海底吃海藻類的水底植物。第一次潛到水底，牠們並未依習性好奇的游向我這兒來。當我浮上水面換氣的那一刻，我像是怪物似的嚇著牠們而紛紛地離我遠去。

　　我再一次的潛到水底，並吐出一些泡泡引誘牠們的好奇心，但徒勞無功。就在這個時候，腦海裡萌生害怕的意念，這種恐懼是從來不曾有的。雖然我經常是單獨地去潛水，甚至是夜間也不會怕海底會出現什麼怪物，我覺得很錯愕自己怎麼會有如此不吉祥的預感。於是察看自己四周的海底環境，什麼怪物也沒有，但我依舊地在莫名的害怕。當我抬頭仰望水面時，赫然發現一條大魟魚正在我的正上方。

　　他媽的，原來是這個怪物令我害怕的，在我看見魟魚時，我立刻回憶村裡的前輩在談天時，所討論的有關大魟魚的故事。有一回，我的堂哥及幾位好友去射魚，他被大魟魚包住，使他無法浮出海面換氣，

由於牠的長相太醜，因此厭惡觸摸牠，加上牠的細細的尾巴有巨毒，使我的堂哥更為害怕。在保全性命的情況下，他唯有的防禦能力與唯一的選擇是，用魚槍射大魟魚。這一槍一射出，除了流大量的血外（雅美人最忌諱醜陋的魚「如沙魚、海鱔、鰻類、魟魚」的血沾上自己的身軀，原因是，親屬間，通常是直系血親將得惡疾或死亡之象徵），大魟魚像發瘋的樣子，用兩邊的翅膀重重的拍擊我的堂哥，他也像是被颱風之巨浪沖到潮間帶的礁石，全身被尖銳之珊瑚礁刮傷、刺傷滿身。據他說，當他到了岸上雙腳已經無法站立，頭昏目眩弄不清四面八方，足足有兩、三個小時是在無意識的狀況，幸好有夥伴相助。而在我頭頂上的這個怪物──魟魚，寬至少有三公尺的翅膀。我真的厭惡牠的長相，並且腹部全是白色的，在我眼中，牠還比海鰻醜陋千倍以上。我於是慢慢地攀著珊瑚移向岸邊，而牠特殊的、說不上來的敏感和我相同的速度在移動。假如我現在浮向海面的話，恰好是在牠的腹部。此刻，我開始緊張了，雖然我已在岸邊的正底下，但這地方是斷層，尤其可惡的是，牠不讓我浮出海面，牠的翅膀已經碰到礁石了。由於自己也在海底憋氣至少有十五秒左右，加上緊張，很自然地呼

吸就比較短。但總得想個辦法趕走這個魔鬼，我想。用槍射牠，槍絕對被牠拉走，並且我實在很厭惡看到怪物的鮮血。在狗急跳牆的惡況下，我在海底用力的吼叫，結果牠好像被咒罵的，驚嚇地立刻拍起翅膀游走。

哇，我終於吐出了一口氣浮出海面，並且立即地上岸休息。我的親愛的祖靈，謝謝你們庇護我。我很自然地順口的向祖靈致謝。然而，不到五分鐘左右，大魟魚又游回來了，我在岸上看著，牠的寬度至少有二公尺半左右，算是中型的怪物。牠在我前面不停地游來游去，這時，我找了一個大石頭準備拋擊他的腦部。如椰子大的卵石夠牠受的，我想。當牠游近我的正下方時，利用居高臨下的優勢，重重地瞄準牠的雙眼中間之部位，「POK」的一聲正中目標，水花立刻四濺，而牠像是被擊昏似的瞬間展翅遁逃，這時一邊的翅膀浮在海面，另一半在水中急速的飛奔。當牠的另一個翅膀要落海時，牠重重的拍擊海面，掀起好高好雄壯的浪花，而後潛入水中。去死吧，我說。

彼時，我在岸上得意的抽根菸，以緩和自己的緊張。太陽此時已經落海了。但我還想射幾條魚，因網袋只有一尾黃尾冬。於是我再次的潛水，此時發現海

裡沒什麼魚。我很難過，沒有女人魚可給媽媽吃，而
網袋裡的黃尾冬是煎給孩子們吃的，所以父親也沒魚
可吃。想一想，游到別的地方去射一些魚。我一邊游
著一邊想著剛剛發生的事情，心中仍有餘悸。射不到
六棘鼻魚，射一些比較笨的魚，至少父母親也有魚湯
可以喝，否則回家沒有漁獲的話，他們會懷疑自己還
不是射魚高手。要唾棄「退化的雅美人」的污名，現
在唯一的方法就是繼續射魚，我想。

當我射了一條鸚哥魚（女人魚）時，心中又開始
恐懼起來。父親曾經跟我說過：

「你在海裡打魚時，如果你的靈魂突然害怕
的話，不要猶豫；立即上岸回家，因那是不祥的預
兆。」想到這句話，便掉頭游回原地。當我在原地做
最後一次的潛水地趴在珊瑚礁上時，我東張西望的
觀察四周，因我仍然餘悸猶存的。說真的，在我尚未
選好獵物之際，於我東邊的不遠處，大約在廿、卅
公尺左右罷，三條腹部全白的大魟魚正朝我這兒游過
來。為了避免被這三條怪物戲弄，也為了保住自己的
性命，我即刻地浮出海面，並快速的游回岸邊。在上
岸之前，我瞪著牠們仔細的看個清楚。前端雙眼之底
部，有兩片似是鐮刀型的垂肉，十分的難看，中間是

嘴巴，看來至少有兩尺寬大，看來真的極醜無比。牠們並行的游向我這兒來，猶如要向我挑戰、復仇似的態勢。原來被我「揍」的那一條，請「兄弟」來了。可見牠們還是滿有智慧的鱝科魚類。

　　為此只好登岸遠離牠們，但牠們直向我上岸的地方游過來，並在那兒停留。海是你們的世界，陸地是我的天下，我不下海潛水，你們也奈何不了我，我說。

　　原來魟魚浮游在海面覓食時，通常都是單獨的，並且是肉食性的魚類，今天不曉得我犯了什麼忌，令其中的一條「呼朋引伴」的來復仇。當三條魟魚堵住我下海的通道之際，我是非常的氣憤，因而激起我再次的撿石塊意圖「炸」傷其中的一條。看著牠們悠然地游來游去，忽然間想起了父親、伯父曾說過的話：

　　「孩子，在海裡看到奇形怪狀的魚類，最好不要傷害牠們，因為牠們的靈魂比正常長相的魚來得有靈性。」也許，我太頻繁單獨的潛水，以至於漸漸地被他們（雅美人）的「泛靈信仰」[2]所影響。當自己逐漸融入在自己的母體文化之後，便相信了大自然之一

---

[2]　泛靈信仰　Animism，臺灣原住民族認為天地萬物、自然現象、祖先皆有靈，如對飛魚神、樹神、大武山、祖靈的崇拜。

切有生命的生物都有「靈的存在」，是一種超乎自然的存在。於是放下手中的石塊，向長相怪異的魟魚道別。

關於此，我是絕對不跟父親說，他除了會阻止我不要再射魚外，將來我的父母親也不會再吃我射的魚，因爲潛水射魚很危險，而我又經常是單獨一人，深恐在海中有不測的一天。爲了要潛水，爲了要給近八旬的雙親新鮮魚吃，在海裡遇到的「困難」、「怪物」只記錄在我的腦海裡。

 導讀

　　夏曼‧藍波安（1957～），漢名施努來，南島民族蘭嶼達悟族人。淡江大學法文系學士、清大人類學碩士。曾爲「驅逐惡靈運動」（蘭嶼反核廢）總指揮，現爲島嶼民族科學工作坊負責人。曾獲吳濁流文學獎、吳三連文學獎、臺灣文學金鼎獎、日本鐵犬異托邦文學賞等國內外獎項。著有《八代灣的神話》、《冷海情深》、《海浪的記憶》、《天空的眼睛》、《大海浮夢》、《大海之眼》、《沒有信箱的男人》等。作品翻譯爲英文、法文、捷克文、俄文、義大利文、日文、韓文、馬來文等語言版本。本文曾由陶忘機、湯麗明翻譯爲英文。

〈大魟魚〉選自《冷海情深》（1997），屬於作者創作初、中期較具有反殖民特色的書寫，呈現出南島民族的「人——自然」關係。本文是作者返回蘭嶼後，重新學習變為達悟人（Tao）過程中的紀實散文。藉由學習潛水射魚，熟悉蘭嶼海洋生態，重新吸納與定位達悟文化（達悟族的禁忌、魚的分類、信仰、生態觀、美學等概念），作者從一個漢化高級知識分子重新肯認達悟母體文化，也站在抵殖民立場（de-colonial）揭發殖民現代性的入侵（臺灣漁船的電魚行徑）。在臺灣華語文壇，南島語系的達悟族不得不借用翻譯來再現自身。作家於此文使用詩性修辭（如「太陽下海了」）以及翻譯元素（達悟羅馬拼音與括號中置放華語）來呈現自身特異的主體性，並挑戰、擴增華語讀者的閱讀經驗。相異於華語語法規則的南島語言與文化元素在某些程度上逆寫（writing back）、顛覆華語文化霸權，進而拉出特殊的臺灣原住民族海洋文學風景。

 思辨與對話

1. 文中出現如「已西邊的太陽」、「牠們像蒼蠅般地時而順時鐘，時而逆時鐘地環繞在我頭上」的奇異修辭語句，具有詩性（poetic）的意味。請找出文中其他具有此類特殊修辭的語句。你怎麼看待這些特殊修辭以及語法？

2. 承上，你會怎麼將這兩句翻譯為英文？（參見延伸閱讀文本2）

3. 文中出現多處達悟語羅馬拼音，後接中文置於括號內。請討論作者這種表達形式的目的與功能為何？

4. 文中人與自然的關係為何？本文呈現的海洋觀與漢人的海洋觀念有何差異？

📖 延伸閱讀

1. 「大海吟唱中的夏曼藍波安」，《藝術很有事》第56集之一，公共電視文化事業基金會製作。

   網址：https://www.youtube.com/watch?v=zQP40L93CoQ。

2. 湯麗明：〈The Stingray〉，《當代臺灣文學英譯》秋季號，2015年，頁82～89。

   網址：http://taipen.org/174/index.html#p=6。

3. 劉威廷：〈現代達悟族作家的重層帝國逆寫——《沒有信箱的男人》簡評〉，聯合新聞網，2022年6月28日。

   網址：https://reading.udn.com/read/story/122749/6403895。

4. 廖鴻基：〈丁挽〉，《青春學分悅讀國文——新大學國文精選》，臺北：五南圖書，2022年。

劉威廷老師　撰

蜂羣

〔英〕赫胥黎 〔清〕嚴復 譯

故首出庶物[1]之神人既已杳[2]不可得，則所謂擇種[3]之術不可行。由是知以人代天，其事必有所底，此無可如何者也。且斯人相系相資之故，其理至爲微渺難思。使未得其人，而欲冒行其術，將不僅於治理無以復加，且恐其術果行[4]，則其羣將渙。蓋人之所以爲人者，以其能羣也。

第深思其所以能羣，則其理見矣。雖然，天之生物，以羣立者，不獨斯人已也。試略舉

---

[1] 庶物　萬物、眾物之意。
[2] 杳（一ㄠˇ）　不見蹤跡，沒有訊息。
[3] 擇種　選擇優秀物種。就《天演論·擇難》可知，擇種指「擇種留良」之術。
[4] 果行　果斷施行。

之：則禽之有羣者，如雁、如烏；獸之有羣者，如鹿、如象，如米利堅之犎[5]，阿非利加之獼[6]，其尤著者也；昆蟲之有羣者，如蟻、如蜂。凡此皆因其有羣，以自完於物競之際者也。今吾將即蜂之羣而論之，其與人之有羣，同歟[7]異歟？意其皆可深思，因以明夫天演之理歟？

夫蜂之爲羣也，審而觀之，乃眞有合於古井田經國[8]之規，而爲近世以均富言治者之極則也。【復案：古之井田與今之均富，以天演之理及計學公例論之，乃古無此事，今不可行之制。故赫氏於此意含滑稽。】以均富言治者曰：財之不均，亂之本也。一羣之民，宜通力而合作。然必事各視其所勝，養各給其所欲，平均齊一，

5　米利堅之犎（ㄈㄥ）　即美洲野牛（American bison）。米利堅，為American之音譯。犎，一種背部隆起如駱駝的牛。
6　阿非利加之獼（ㄇㄧˊ）　非洲的獼猴。阿非利加，為Africa之音譯。獼，指獼猴。
7　歟（ㄩˊ）　置於句末，表示疑問或反詰等語氣。
8　井田經國　指以井田制來治理國家。

無有分殊。爲上者職在察貳廉空[9]，使各得分願，而莫或並兼焉，則太平見矣。此其道蜂道也。

夫蜂有后，【蜂王雌，故曰后。】其民雄者惰，而操作者半雌。【采花釀蜜者皆雌而不交不孕，其雄不事事[10]，俗誤爲雌，呼曰蜂姐。】一壺之內，計口而稟[11]，各致其職。昧旦[12]而起，吸膠戴黃[13]，制爲甘薌[14]，用相保其羣之生，而與凡物爲競。其爲羣也，動於天機之自然，各趣其功，於以相養，各有其職分之所當爲，而未嘗爭其權利之所應享。

是輯輯[15]者，爲有思乎？有情乎？吾不得而知之也。自其可知者言之，無亦[16]最粗之知

9　察貳廉空　視察有無重複或缺少，語出自張衡〈西京賦〉。察、廉，皆爲視察義。貳，重複的。空，缺少的。

10　事事　做事、工作。

11　計口而「稟」　稟，通「秉」，爲一單位的量詞。

12　昧旦　天將明未明的時候。

13　吸膠戴黃　指吸食花蜜與運載花粉。

14　甘薌（ㄒㄧㄤ）　指甘醇香美的蜂蜜。薌，穀物的香氣。

15　輯輯　聚集群聚的樣子。

16　無亦　不亦，不也是。

覺運動已耳[17]。設是羣之中，有勞心者焉，則必其雄而不事之惰蜂。爲其暇也，此其神識智計，必天之所縱，而皆生而知之，而非由學而來，抑[18]由悟而入也。設其中有勞力者焉，則必其半雌[19]，盻盻[20]然終其身爲釀蓄之事[21]，而所稟[22]之食，特倮然[23]僅足以自存。是細腰者，必皆安而行之，而非由墨[24]之道以爲人，抑由楊[25]之道以自爲也。之二者自裂房茁羽[26]而來，其能事已各具矣。

　　然則蜂之爲羣，其非爲物之所設，而爲天之所成明矣。天之所以成此羣者奈何？曰：與

---

[17] 已耳　句末助詞，罷了。
[18] 抑　此處為連詞，或是。
[19] 半雌　此指工蜂。工蜂皆為雌性。然工蜂沒有完整生殖系統，故曰半雌。
[20] 盻盻（ㄒㄧˋ）　勤苦而不休息貌。
[21] 釀蓄之事　指釀造、儲存蜂蜜的事。
[22] 所「稟」之食　通「秉」，掌握。
[23] 特倮（ㄌㄨㄛˇ）然　只吃飽。特，只。倮然，通「果然」，飽食的樣子。
[24] 墨　指墨子。
[25] 楊　指楊朱。
[26] 裂房茁羽　指破蛹而出。

之以含生之欲，輔之以自動之機，而後冶之以
物競，錘之以天擇，使肖[27]而代遷之種，自范[28]
於最宜，以存延其種族。此自無始來，累其漸
變之功，以底[29]於如是者。

 導讀

　　嚴復（1854～1921），福建省福州府侯官縣（今福建
省福州市與閩侯縣一帶）人。中國近代著名翻譯家、啓蒙
思想家。曾任復旦大學等校校長，政治團體籌安會六君子
之一。嚴復有系統地翻譯西方自然科學、社會學、哲學等
著作，譯有《天演論》、《群學肄言》、《原富》、《法
意》等書，並在《天演論·譯例言》提出「信、雅、達」之
翻譯標準。其翻譯作品對當時中國產生巨大影響，尤以《天
演論》爲著。其書譯自赫胥黎（Thomas Henry Huxley）之
作《進化論與倫理學》（"Evolution and Ethics"）。然嚴
復不完全直譯赫胥黎之書，其章節、內容等皆有自己系統
及案語，爲中西合用之呈現。「物競天擇」、「適用」、

---

[27] 肖　仿效、模仿。
[28] 范（ㄈㄢˋ）　即「範」，為鑄造器物的模型。這裡為動詞用，
　　有鑄造、鑄成之意。
[29] 底　此為動詞用，有達到之意。

「存」、「滅」等觀念，更是激起當時中國知識分子救亡圖強之心。

本文選自《天演論》。自然界中，物種生存方式繁多，「群」是一種方式。動物界「結群」的物種不少，每一物種群體運作方式不同。以蜂群爲例，每一蜜蜂工作職責與生俱來。蜂后視察有無，工蜂採花釀蜜，雄蜂無所事事。牠們各司其職，不會計較工作分配，也不會爭權奪利。此生存模式是歷經數代演化而成。

大自然是一本書，動物群體運作模式可供人類參考。蜜蜂有條不紊地分工不是後天學習或感悟，而是先天生理機制使然。每隻蜜蜂似乎沒有個體意識，存在是爲了群體。人類顯然與蜜蜂不同，人有明顯個體意識，在乎自己存在意義。然此強烈個體意識可能使群體運作遇到諸多挑戰。「人群」如何在「天擇」下生存？未來人類社會發展又會如何演變？答案或許在人與自然的「適宜」之道吧！

 思辨與對話

1. 由嚴復〈蜂羣〉可知，蜜蜂的「工作分配」源自於上天設計，而不是經由學習而來。對此你有何看法？

2. 蜜蜂是「真社會性」動物，個體是為了群體這大我而存在。社會達爾文主義認為可將人類進行汰選，以維持人群品質。此論述能否為人類帶來進步？請述說你的想法。

3. 近十年來，蜂群不斷減少，蜂蜜亦隨之減產。請搜尋網路媒體，歸納整理蜂群減少之原因，提出數點可行補救措施。

 延伸閱讀

1. 嚴復：〈人羣〉，《天演論》。
2. 《東大特訓班》：工蜂理論。
3. 長谷川英祐：〈懶螞蟻效應〉。
4. Gary Hung：〈為什麼團體中總有人偷懶？〉，「Medium寫作平台」，2019年5月1日。

   網址：https://medium.com/@garyhung.nthu/為什麼團體中總有人偷懶-2f7e6cb202be。
5. 魯皓平：〈科學家解謎：如果蜜蜂真的滅絕，這個世界會發生什麼事？〉，《遠見雜誌》，2023年4月22日。

   網址：https://www.gvm.com.tw/article/101935。

趙詠寬老師　撰

向機器人科幻大師艾西莫夫致敬的《機械公敵》

楊谷洋

片　　名	機械公敵（i,ROBOT）
導　　演	艾歷士‧普羅亞斯
上映年分	2004 年
主　　演	威爾‧史密斯、布麗姬‧穆娜、布魯斯‧格林伍德
簡　　介	西元2035 年，智慧型機器人已被廣泛應用於人類生活中，但此時發生機器人工程師蘭寧博士離奇死亡的案件，警探戴爾‧史普納展開調查，卻發現疑犯竟是由博士所開發出來的機器人索尼……

　　身為首席機器人工程師的蘭寧博士死在命案現場，兇手竟然極可能是他親手所打造的機器人索尼！此事件等同殺死自己的父親，究竟是出了甚麼問題才導致這場凶殺案發生？這是在2004 年所推出的機器人科幻電影《機械公敵》（i, ROBOT）開場就出現

的衝突點，劇情展開於知名影星威爾‧史密斯所飾演的警探介入調查的過程。幾經波折後，真相大白，兇手真的是索尼，但索尼是在蘭寧博士要求下才動手的，也就是說，他是按照主人的指示協助自殺。這就製造出一個兩難的狀況，機器人可不可以聽從主人的命令危害到自己或他人的生命呢？

不知道大家有沒有注意到，《機械公敵》的英文片名是i, ROBOT（我，機器人），恰恰就是艾西莫夫經典短篇機器人科幻小說集的書名。以撒‧艾西莫夫（Isaac Asimov）被喻為二十世紀三大科幻小說家之一，他創造的「機器人學」（Robotics）這個名詞沿用至今，「現代機器人故事之父」的美名，的確當之無愧。

《機械公敵》取這樣的英文片名當然是想和艾西莫夫拉近關係，也有致敬的意味，但若是論起片中劇情，倒和小說中的內容沒有直接關係，而是承襲了艾西莫夫善於挖掘人與機器人之間恩怨情仇的特色。電影以極其絢麗耀眼的畫面呈現出人與機器人共同生活的未來世界，五花八門的機器人提供人們生活起居上無微不至的照顧，但在此同時，埋藏於其中的危機也似乎隨時會引爆，因此引發電影後續的情節發展。從

電影裡讓我們不禁思考，如果我們想要擁有電影中機器人所提供的服務，又不希望生命遭受機器人威脅，機器人應該遵守甚麼樣的法律？背後又是根據何種邏輯呢？

在科幻世界裡，機器人必須依從的法律，無庸置疑，就是機器人三大法則（Three Laws of Robotics）。它首次出現在艾西莫夫小說《我，機器人》（I,Robot）中的〈轉圈圈〉（Runaround）這篇文章。它在機器人科幻史的地位直逼摩西的「十誡」，是機器人的天條，無論在任何情況下，都必須嚴格遵守，絕對不容違背。

我們來看一下機器人三大法則怎麼說：

第一法則、機器人不得傷害人類，或因不作為而使人類受到傷害；

第二法則、除非違背第一法則，機器人必須服從人類的命令；

第三法則、在不違背第一及第二法則的情況下，機器人必須保護自己。

這三條法則有其先後的次序性，第一條談到人類創造「產品」的基本要求——安全。其實不僅僅是機器人，無論任何產品，安全當然是第一考量，總不能

讓使用者用得不安心、一天到晚提心吊膽吧？確定安全無虞之後，基於機器人的互動價值，下一步就是它應該要好好聽我們的話，不然我們買它來做甚麼？在符合第一和第二法則的前提下，也不能讓機器人搞自閉或鬧自殺，因為機器人單價可不低，總要耐用又持久，所以有了機器人必須保護自己的要求。

看起來機器人三大法則稱得上相當周延與嚴謹，但仔細想一想，機器人作為一項科技產品，我們有必要防範到這種地步嗎？一般的科技產品並不需要「被」這樣要求，比如我們就不會對冰箱或電視訂定三大法則。試想一下，我們將三大法則中的「機器人」置換成「冰箱」，把第一法則說成「冰箱不得傷害人類，或因不作為而使人類受到傷害」，聽起來是不是有哪個地方不對勁？

三大法則反映出我們的內心深處對機器人的戒慎恐懼，由於機器人的特性在於它具有靈活的行動能力以及自主的判斷力，這兩項特質代表了動力與智慧的結合，也讓機器人成為我們目前所擁有的科技產品中能力最強大者，雖然它的力量也許不如坦克、火炮，但它就像一部會動會走、行動自如的電腦，相對於汽車、冰箱、智慧型手機等，對我們的影響絕對不容小

覷，一旦出了問題，造成的危害肯定相當可怕。

有了機器人三大法則，我們就可以高枕無憂地等待機器人時代的來臨，輕鬆享受機器人提供給我們各式各樣的服務了吧！且慢！正如學校校規是訂出來讓學生破壞的，機器人三大法則當然也會有它的漏洞。像是能不能爲了拯救大多數人而讓少數人受到傷害？事實上，艾西莫夫非常擅於運用三大法則的種種曖昧與矛盾之處，遊走法律邊緣，寫出篇篇充滿張力的精彩小說，也讓三大法則的絕對安全性備受考驗。接下來，我就來改寫《我，機器人》其中的一篇文章——〈證據〉（Evidence），讓大家見識一下艾西莫夫的功力：

話說某個國家的首都正在改選市長，兩位市長候選人都非常優秀，其中一位醫術高超、IQ超高、又善於運用婉君，雖然不是帥哥，偶爾也會白目說錯話，但人氣依然居高不下；另外一位候選人家世、背景都高人一等，又具有國際觀，但就是不受青睞，眼看支持度越拉越遠，這該如何是好？

這時候網路突然對這位超人氣候選人傳出各種耳語：哪有這種非典型、不按牌理出牌的候選人？太不合常理了！只有一種可能，他一定是機器人僞裝的。

這番言辭殺傷力可不小，不管再怎麼令人激賞，我們總不能選個機器人當市長吧？選戰沸沸揚揚地持續進行著，直到公辦政見發表會的那天，突然發生一件令人震撼的事情！

當這位人氣候選人正在發表演說之時，竟然有人跳上講台，十分挑釁地指著他說：「如果你不是機器人，你就過來打我，敢嗎？」別忘了，機器人不能傷害人類，這可是鑲嵌在機器人腦中、不容妥協的鐵律。話剛說完，電光火石之間，只見這個挑釁者凌空飛起、已然被打飛。後來這位人稱怪醫的候選人就成為該國首都的市長，繼續展現他種種異於常人的行徑。

故事就到這裡為止了嗎？當然不是，真相是，跳上講台的那個「人」是「機器人」，是不是很出人意料之外？超過半個世紀之前的小說，直到今天仍然令人如此驚嘆！不禁讓我升起一個奇怪的念頭，莫非艾西莫夫也是……

如果有一天，我們的社會真的進步到如《機械公敵》所描繪的機器人與人共同生活的時代，確實需要有合宜的法律規範彼此的行為，來自科幻小說的機器人三大法則顯然仍需要積極補強，但它已然指出我們

是否能邁入機器人世代的最大關鍵，乃在於機器人是否能真心遵守「我絕對不會傷害人類」的鐵律。至於索尼可不可以協助主人自殺呢？前面不是說過就是會有學生不遵守校規嗎？電影不也一再暗示我們，索尼並不是一般的機器人，「他」在情同父親的主人與三大法則之間，選擇了親情。

──文章出處：楊谷洋著，《羅伯特玩假的：破解機器人電影的科學真相》，2016，國立陽明交通大學出版社

 導讀

　　楊谷洋現為陽明交通大學電機工程學系教授，為臺灣知名的機器人學（Robotics）專家，亦為網站「數位時代」的專欄作家。除了機器人的研究之外，楊谷洋亦十分熱衷於電影、文學中的科幻題材以及相關社會議題。本文〈向機器人科幻大師艾西莫夫致敬的《機械公敵》〉收錄於楊谷洋《羅伯特玩假的？破解機器人電影的科學真相》（2016年），該書透過機器人題材的影視作品進行科普的探究與提問，剖析科幻作品中的「科學真相」，揭示人類對於未來世界的預想與期待，並回歸到現今機器人技術發展的真實面貌，從理想與現實的落差，重新搭建對話的橋樑，以省思人機互動的

可能性。

　　本文以2004年的電影《機械公敵》（i, Robot）對科幻大師以撒・艾西莫夫（Isaac Asimov）經典作品書名的致敬，引出艾西莫夫創造「機器人學」一詞，至今對全世界仍有相當深遠的影響。艾西莫夫的小說善於挖掘人機互動的糾結與矛盾，其中最受關注的即是1942年〈轉圈圈〉（Runaround）所提出的假說 —— 「機器人三大法則」（Three Laws of Robotics）。三大法則雖然成為科幻小說用以規範機器人的鐵律，卻也反映出人類面對未來所抱持的既定想像。其中衍生的各種衝突，值得一再玩味思索，對於當代面對AI挑戰的我們，實具啓發意義。

 思辨與對話

1. 根據「機器人三大法則」的內容，可能反映人類哪些具體需求與預期心理？

2. 就本文及延伸閱讀提供的故事內容，你認為人機互動為何會產生難解的問題？

3. 艾西莫夫在1985年《機器人與帝國》增列第零法則：「機器人不得傷害整體人類，或坐視整體人類受到傷害」，這是否足以修正三大法則的漏洞？

4. 因應全球人工智慧的快速發展，近幾年包括微軟、Google以

及國際相關領域學者皆提出不同版本的AI使用準則，請於網路搜尋條文內容，並思考是否與「機器人三大法則」有相互呼應之處。

5. 就你目前的觀察，有哪些機器人已經實際進入、甚至改善我們的生活？這些發明是否也存在後續的挑戰及隱憂？

延伸閱讀

1. 葉李華譯：〈證據〉、〈真愛〉，《艾西莫夫機器人故事全集》，臺北：貓頭鷹出版社，2009年。

2. 楊谷洋：《羅伯特玩真的？AI機器人時代的夢想進行式》，新竹：國立陽明交通大學出版社，2021年。

3. 羅億庭：〈恐怖谷理論：為什麼「仿真機器人」看久了會感覺毛毛的？〉，「關鍵評論：趣味科學專欄」，2021年11月28日。

  網址：https://www.thenewslens.com/article/143373。

盧世達老師　撰

單元五

半線行旅

寫在前面

　　剛來到彰師大就讀的你，感受陌生，卻也逐漸熟悉在地的諸多日常。不論是走在路上風迎面吹來的感覺、空氣聞起來的味道、巷弄間的言語形式，又或者是最直接的吃食口味差異，都與你生長的原鄉不甚相同。本單元透過書寫彰化人文地理、校園地景和飲食特色的文學作品，帶領你細細體會這些未來也將被你熟知的在地日常。

　　彰師校園位於八卦山下，白沙湖於門口迎賓，各系館分處校園各地，「進德」與「寶山」正是對學子們最大的祝願，期許來到校園的你能精進自我、德智兼備，入寶山必滿載而歸。本書收錄了駐校作家的多首詩作，不妨到他們描寫的地景下，吹著微風，拍下屬於你的校園地景紀錄。

　　走出校園探索踏查，先由味覺開始，飲食文化最能直接反映在地特色，帶著原鄉的食物慣性來到彰化，在喜愛與不適應的折衝過程裡，讓我們從〈肉圓、貓鼠麵、大箍意麵〉來看看這些吃食背後的故事。

　　紛亂的時代裡，你可曾思考在衝突或劫難下，是否有勇氣積極面對？是否有力量療癒自我身心？八卦山是彰化著名地景，相關的大佛形象與文化意義皆形塑這片土地，所謂的

彰化學或彰化人文精神，在〈端午走上八卦山〉與〈大佛背影〉都有細緻的描寫。〈端午走上八卦山〉致敬前輩作家以文學追求自由、抵抗強權壓迫的精神，〈大佛背影〉則闡述生命的劫難與面對大佛信仰後的療癒過程。閱讀兩篇在地的敘事作品，並實際走訪本書建議的導覽路線，一步一腳印去觀看與思索，期望能讓你對彰化人文脈絡有更深層的認識。

陳彥君老師　撰

駐校作家詩選

之一　校園散步三首──記在彰師大的日子

路寒袖

(一)白沙湖

這湖總坐在門口
細細沙沙的拍著滑嫩的臉
對來訪的雲
笑出一圈圈的小皺紋

晴天的夜，太深
以致銀河氾濫出湖畔
清晨，倒像剛拉開窗簾的遠山
那些找不到座位的魚
就聚集到岸邊排補位
有時太累了
竟躲進雲堆裡打盹

一直等到夕陽撞響鐘聲
才悠然的下課去

(二) 師之言

與日月擦身而過的
是風聲
還是師者敦厚的話語？
有的停憩湖面，盪漾
偶爾就被戲水的鳥銜走
有的像剛從運動場跑步回來
濕淋淋的，一付苦口婆心
這些話諄諄然怎勝過
香艷的青春花朵
直到人生的冬夜
才發覺那是最溫熱的一鍋煲湯

(三) 榕之根

素樸的年代
那些青澀又熾烈的話語
總在驚嘆聲中泛黃
世代與世代尚不知
該如何劃清界線時
就紛紛飄零成

一地難以回收的往事

往事日日沉，月月落
未曾消逝的往事，就成了
風隨興哼唱的歌
雨不分季節寫的詩
根糾結著滿身的苦思
原來是爲了要編輯
這些不斷發表的作品

之二　白沙山莊

康原

八卦山做　龍骨[1]	Pat-kuà-suann tsò liông-kut
白沙湖　好肚量	Peh-sua-ôo hó tōo-liōng
雲尪仔[2]入湖內梳妝佮	Hûn-ang-á jip ôo lāi se-tsng
照鏡	kah tsiò-kiànn
透早　鳥隻樹林唱歌	Thàu-tsá tsiáu-tsiah tshiū-nâ
	tshiùnn-kua

---

[1] 龍骨（liông-kut/lîng-kut）　脊椎骨。
[2] 雲尪仔（hûn-ang-á）　天空呈山形或人形的大片雲朵。

孔子公　徛³佇⁴林中聽風聲　　Khóng-tsú-kong khiā tī nâ tiong thiann hong-siann

詩人坐佇青草埔　　Si-jîn tse tī tshenn-tsháu-poo

思考性命的存在佮⁵錯誤　　Su-khó sìnn-miā ê tsûn-tsāi kah tshò-ngōo

春風　一陣一陣吹過山　　Tshun-hong tsit-tsūn tsit-tsūn tshue kuè suann

南路鷹⁶　飛入校園來做伴　　Lâm-lōo-ing pue jip hāu-hng lâi tsuè-phuānn

雨水　沃入同窗的心肝　　Hōo-tsuí ak jip tông-tshong ê sim-kuann

日頭　擘開⁷目睭金金看　　Jit-thâu peh-khui bak-tsiu kim-kim-khuànn

月娘　恬恬行俍湖邊揣⁸星的形影　　Gueh-niû tiām-tiām kiânn-uá ôo-pinn tshuē tshenn ê hîng-iánn

---

³ 徛（khiā）　站立。

⁴ 佇（tī）　「在」某處或某時。

⁵ 佮（kah）　和、及、與、跟。

⁶ 南路鷹，中文學名為灰面鵟鷹，又稱灰面鷲，一種候鳥，遷徙路徑會經過八卦山。

⁷ 擘開（peh-khui）　剝開。

⁸ 揣（tshuē/tshē）　尋找。

湖邊的白翎鷥　匀匀行[9]	Ôo-pinn ê peh-līng-si ûn-ûn-kiânn
溫馴師尊的背影	Un-sûn su-tsun ê puē-iánn
予春風少年兄　綴咧行	Hōo tshun-hong siàu-lian-hiann tuè leh kiânn

 導讀

　　駐校作家詩選之一〈白沙湖〉、〈師之言〉、〈榕之根〉為詩人路寒袖任本校駐校作家時親筆題贈,收錄在皇冠雜誌720期《皇冠60週年特刊》。路寒袖(1958～),本名王志誠,於2009年與2019年擔任彰化師範大學駐校作家各一年,為彰師校園與師生留下多首詩作,此處節錄三首。第一首〈白沙湖〉以擬人手法描繪校門口白沙湖迎接訪客與陪伴學生的畫面,白沙湖以靜靜的水波迎向從各方雲集的訪客,學生在詩人筆下成為與湖親近的魚。從清晨、夕陽到夜晚,伴著鐘聲,校園景致在詩人筆下有了生動且饒富趣味的呈現。第二首〈師之言〉以老師的教誨為題,呈現多種師之言的樣貌,教誨有時能停駐在學生心裡,有時僅是短暫停留,然而言語在當下不見得產生力量,或許只是埋下了啟發的種子,直到生命動盪時,那些師者之言才能再次萌芽。第

---

[9] 匀匀行(ûn-ûn-kiânn)　慢慢地走。

三首〈榕之根〉描寫榕葉總有泛黃老去的一天，但盤據糾結的根在日月更迭中，帶著風雨的滋養，生長出更多青春的綠葉。全詩以榕樹的根與葉描繪世代更替，以及這座校園紮根養育青年學子的意象。

駐校作家詩選之二〈白沙山莊〉為詩人康原2021至2022年本校駐校作家時撰寫，收錄在其詩集《賴和的相思》。康原（1947～），本名康丁源，曾任賴和紀念館館長，擅長以本土為主題創作臺語文學作品。〈白沙山莊〉以位於八卦山下，的彰師校園人文地景為題，校園內地板石刻有著彰化詩人林亨泰對生命存在意義的思索，也有以〈錯誤〉一詩聞名的詩人鄭愁予所留下「白沙是夢的流星雨」，康原藉由校園孔子雕像及春風化雨的典故，期勉彰師學生在老師的引領下，於學問的道路上精進。

 思辨與對話

1. (1)兩位駐校作家不約而同選了「白沙」作為詩作意象的一環，除了白沙，你還在詩裡看到哪些跟彰師大校園人事或地景有關的描寫？(2)詩人贈詩給彰師大，所寫多是對青年學子的期勉或對教育的感想，請闡述幾首詩的主旨，並比較其異同。

2. 《說文解字》：「教，上所施，下所效也」。是故「教」乃是展現典範，並期許後進模仿的過程。透過本單元的幾首

詩，請闡述你對教育本質的看法，以及你對教育現象的觀察。

3. 「我在彰師我作詩：校園地景打卡和詩活動」

古人作詩喜愛唱和，現在請你仿效古人遊覽山水與作詩的雅興，到本課文提到的詩選地景處拍照，以唱和形式，也寫一首校園詩，並在社群平臺打卡，標記「我在彰師我作詩」。

【延伸閱讀】

1. 鄭愁予〈白沙是淨土的意象〉

白沙是淨土的意象

淨土是無欲的

這就是讀書人的心田

雖是寸心卻因悲憫而博大

滋養濟世之志是需要

字字傳道日日功課的

2. 路寒袖：「在八卦山遇見賴和｜飛閱文學地景」

網址：https://youtu.be/2T6o_ftOh64。

3. 康原：「八卦山康原｜飛閱文學地景」

網址：https://youtu.be/4voFY2ggOcY。

陳彥君老師　撰

肉圓、貓鼠麵、大箍意麵

楊錦郁

　　林明德教授在《彰化縣飲食文化》一書中提過，彰化人在飲食方面，葷食以畜肉居多。確實，不論我們從小吃到大，著名的肉包李、肉包明、肉包成或肉圓、肉羹、碗粿，全省聞名的幾攤爌肉飯，都以豬肉為主。

　　和大伯接昌釣具店分據長安街、陳稜路口兩側三角窗店面的彰化老擔肉圓的招牌上，寫著創店於一九四〇年，據大伯說，老擔肉圓和八卦山下的燒肉圓，以及過溝仔的肉圓王當初都是由日本人教他們用番薯粉等來做肉圓的，用番薯粉做的肉圓和用樹薯粉或加太白粉做的不一樣，它不含起雲劑，得用小火慢慢的炸，火一快，口感就差了。

　　從我有記憶起，因為地利之便，我家就吃老擔肉圓，那時小西地區除了老擔，在長安街上還有一攤阿章肉圓，我們偶爾也會去光顧，阿章肉圓除了賣肉圓

之外，還賣麵線糊和肉羹，價格好像便宜了一點點，但到阿章那裡，通常是為了兼吃麵線糊，若是只想吃肉圓，則會到老擔去，老擔的攤位上就兩鍋肉圓，一鍋是炸好的，隨時可以盛起用剪刀剪劃兩下，淋上獨門的醬汁，端給客人；另一鍋則是半熟的，每一顆包著豬肉、飽滿的肉圓在油鍋裡慢慢煨[1]著。攤位旁另有一個小灶，上面擺著一個大鋁鍋，要來碗清湯、肉皮湯、蘿蔔湯，請君自便。

店面很淺，只有面牆的兩排竹椅，以及門口兩、三張路邊小桌。我經常跟爸媽要個五塊錢，就自己上門去吃肉圓，在彰化吃肉圓的餐具用的是竹片做的叉子，竹叉子從店家劃開的肉圓中心點下去，先吃皮或肉都美味，一直到現在，我吃肉圓仍然習慣用叉子，用筷子夾肉圓，感覺就是彆扭，好比吃碗粿，店家也是提供叉子。

還有一家老店北門口肉圓，則是我媽的最愛，但這家我比較少光臨，原因有幾個，一來離家的距離有一點路，再來是它每天下午四點多才開張，一開店就得排隊，大約六點多賣完就打烊[2]了。身為學生，這

---

[1] 煨（ㄨㄟ）　一種烹飪方法，用微火慢慢燒煮，使食物熟而軟。
[2] 打烊（一ㄤˊ）　商店晚上收市，稱為「打烊」。

段時間很難抽身上門去。偶爾假日，提議去買北門口肉圓，家人的直接反應都是先看一下手錶，確認時間對不對。

北門口肉圓的灶上也是兩大鍋，一鍋是一般價位的，另一鍋是他們獨家的，裡面包有香菇、干貝、很多肉，價錢約是一般肉圓的三倍。不同於陳稜路老擔的軟，北門口肉圓的皮較酥。我媽就喜歡這樣的口感，而且難得上門，當然會買貴的那種，只是若去的稍晚，常常向隅[3]。

我們慣常在傍晚，晚餐之前吃肉圓，一顆入肚，沒有太大的飽足感，不至於影響到正餐，但若是捨老擔肉圓，而選擇到高賓閣旁邊的貓鼠麵，就是打算要飽餐一頓了。

我也喜歡到貓鼠麵去，但到這家店去，不是孩子們幾塊錢的零用金可以打發的，所以大都會找爸爸一起去，或者自己去，媽媽隨後再來付錢。貓鼠麵是一般的麵店，因創店的老頭家綽號叫閩南語的「老鼠仔」得名，我沒看過「老鼠仔」，從我小時候，他的店就由姪媳和一個有點像總管的男師傅阿權掌廚。貓

---

[3] 向隅（ㄩˊ）　本指面向房屋的角落，後來用來比喻孤獨、失望，落寞寡歡，亦比喻錯過良機而失望。

鼠麵主要賣滷肉飯、切仔麵和米粉，麵是彰化特有扁平狀油麵，口感Q彈，在其他地方幾乎沒吃過相似的油麵。客人點過主食後，男師傅把麵或米粉放到長柄竹簍子裡，放進滾熱的大骨湯裡切幾下盛起，再注入高湯、獨家肉燥、蒜末、香醋，擺點香菜，再依客人所點，添入「貓鼠麵三寶」：加蔥仔頭的肉丸仔、看得到紅蝦仁塊的蝦丸、雞卷，我通常會要求三樣都加。

我自幼就很喜歡吃魚漿品，肉丸仔、蝦丸都愛，也很愛吃雞卷。雞卷得用豬腹的那層網紗油裹上絞肉、荸薺、魚漿，然後下鍋炸，起鍋後可以直接吃，或像貓鼠麵一樣，再入湯。一碗切仔麵配上肉丸仔、蝦丸、雞卷，真是讓人心滿意足。但還不止這樣，到貓鼠麵豈能不點它的招牌：豬腳。麵攤上有一個陶甕，散發出的陳滷香氣中，是一個個晶瑩滑嫩的豬腳。「江湖」上傳說歌手林強的父親阿水獅在台中開設了著名的豬腳店，他的一手工夫就是貓鼠麵的頭家傳授的。

爸爸偏愛豬蹄，因為豬蹄的口感更Q，店家會將客人選好的豬腳用剪刀對剪，再澆上陳滷，因為爸爸的影響，也讓我日後只要點豬腳，一定會選擇豬蹄。

除此，貓鼠麵還有一項招牌，就是老闆娘自己炸的紅燒肉，紅燒肉要先用香料、紅糟醃過，再裹番薯粉等熱鍋油炸，起鍋後切片盛盤，吃的是它的香酥和肉的多汁，有的店家還會加點淡醃的小黃瓜片，增加口感。

有時候，大人怕小孩吃不下晚飯，又抵不過孩子的嘴饞，也會帶到貓鼠麵去，請店家用竹筷子戳兩、三個丸仔解饞，不過印象中好像很少戳著雞卷吃，大概因為它是長型的，用筷子戳著，容易散掉吧。

我們上了國小後，偶爾會跟著爸媽到台北玩，那時爸爸慣常住在圓環附近的一間旅館，圓環附近有很多小吃，我們也樂得到處品小吃，就在南京西路和重慶北路交叉的一處市集，發現了由離開彰化的老闆所開的另一家貓鼠麵，「三寶」味道一樣可口，豬腳同款軟嫩誘人。

在陳稜路靠和平路這一邊（今城中街口附近）還有一間大家稱為「大箍意麵」的麵店，也是以豬腳聞名，麵店由老闆夫妻掌爐，夫妻倆都非常「大箍[4]」，店名是不是因此而得，沒有人清楚，但一說

---

[4] 大箍（ㄍㄨ）　臺語讀為tuā-khoo，用來指人或人的體型，意指胖子。

到「大箍意麵」，同世代的親朋幾乎都會當下立即反應「喔，它的豬腳很有名。」彰化人並不太吃意麵，不過偶爾吃也是嘗鮮，這家麵攤的招牌是豬腳，除了豬腳還是豬腳，終年穿著竹紗汗衫的老闆，和他們夫妻灶上一鍋陳年的老滷，竟然讓當時紅透半邊天的電影明星李麗華大駕光臨。

李麗華當時是隨著《觀世音》一片到彰化登台，我從小就是影迷，記得那時是在南瑤路的天一戲院看《觀世音》的。我家和天一戲院有些淵源，因為我的大堂姊錦美嫁給了戲院老闆的次子，她的小姑高中則和我同班，我到南瑤路去，要不是去南瑤宮拜拜，不然就是去天一戲院看電影。當時還有隨片登台的情形，像李麗華這樣的大明星到彰化登台更是造成大轟動，而她在《觀世音》裡的扮相十分莊嚴，片子也很叫座。

登台後，大明星到了「大箍意麵」吃豬腳，雖然輕車簡從，但明星風采是難掩的，況且我媽的姊妹淘咪紗就在麵店對面開南昌皮件店，我媽也是個影迷，一接到電話通報，我們迅即趕到麵店去圍睹「觀世音」的美貌，那樣的追星經驗讓人難忘。所以至今一提到「大箍意麵」除了和親朋一樣有共同的反應

「喔！豬腳」，我個人的聯結還多了李麗華和《觀世音》。

小西的飲食滿多樣性的，每家都各有特色和主顧，就像過去「大箍意麵」的旁邊還有兩家水果店，吃完豬腳，移到水果店，請老闆宋仔切盤當令的水果盤或來杯綜合果汁，可讓味蕾得到很大的滿足；同樣的，貓鼠麵再過去一點，也有冰果室。

啊！這樣的飲食經驗只有在記憶裡追尋了。

📖 導讀

楊錦郁〔1958～〕，彰化縣彰化市人，中國文化大學中文系文學組畢業、銘傳大學應用中文系碩士、淡江大學中文系博士。曾任職出版社、雜誌社，並擔任《聯合報》副刊組召集人，編過聯合報副刊、讀書人版，主編家庭與婦女版10年。現為《人間福報》總監。曾獲中興文藝獎章、中山文藝獎、礦溪文學獎特別貢獻獎等。著有《深情》、《嚴肅的遊戲》、《用心演出人生》、《溫馨家庭快樂多》、《記憶雪花》、《遠方有光》、《穿過一樹的夜光》、《向太陽說謝謝》、《呂碧城文學與思想》、《小西巷》、《霧中恆河》、《花希望成為自己的樣子》等。

本文選自《小西巷》，此書是作者回顧家族歷史、鄰

里人物和地方記憶的散文集，是頗具特色的地方書寫專著。小西巷位於彰化舊城區內，因地處交通要道，在清代便是城內眾商雲集的地帶，後來，更因鄰近彰化火車站，該地區逐漸成為布匹、成衣批發聚集之地，曾是彰化最繁榮熱鬧的區域，透過此書，讀者可一窺彰化市小西地區曾有的風華歲月。〈肉圓、貓鼠麵、大籃意麵〉一文可歸類為飲食文學，作者依其兒時記憶，回顧小西地區美食，文中充滿濃烈的懷舊情感，雖然作者所提的許多店家如今尚在，但感嘆的是美好的童年記憶和過去的人事物卻永遠無法再現，文末的一句「啊！這樣的飲食經驗只有在記憶裡追尋了。」可看出作者對童年生活的無比懷念和深厚情感。

 ## 思辨與對話

1. 肉圓是彰化最有名的小吃之一，作者在文中提到她們家最常吃的肉圓店家有哪些？

2. 彰化著名飲食以豬肉居多，例如肉包、肉圓、肉羹、爌肉飯等，為何如此？試說明可能的原因？

3. 飲食常與人的情感相結合，讀完此文，回想自己是否也有記憶中令你懷念的食物或店家？可提出與同學分享。

延伸閱讀

1. 陳淑華：〈彰化肉圓的秘境〉，《彰化小食記》〔增修版〕，臺北：遠流出版公司，2016年二版。

2. 廖乙璇：〈阿章肉圓—臺灣人最熟悉的古早味〉，收錄於葉連鵬、黃慧鳳主編：《食在礦溪——彰化市飲食產業故事》，臺北：五南圖書出版股份有限公司，2020年。

葉連鵬老師　撰

端午走上八卦山

蘇紹連

山線的腳步，海線的腳步
來到彰化火車站聚合
像是在濕潤的水彩畫紙上
我們踩著通往文史與民俗的街路
用身影當作筆觸，輕輕描繪
台灣新文學原鄉的形貌
與歲月偕[1]行，讓浮光照映
古蹟建築在現代仍有幽情
在舊城內擦身而過的居民
住戶，巷弄，芒果樹，牆內
的祠堂屋簷，那侃侃而談[2]的風
吹拂著端午棕香之際，詩在這裡

---

[1] 偕（ㄒㄧㄝˊ）行　同行。
[2] 侃（ㄎㄢˇ）侃而談　說話從容不迫的樣子。

多了一些古樸的味道
多了一些寫實與隱喻
肉圓、貓鼠麵、糯米炸
成為我們視覺和味覺的回憶美食
而來自異鄉的遊客在紅葉[3]上留言：
「來此一會，終生難忘。」

走出小西相簿，恍若隔世的
一間旅館仍召喚著
車聲、風聲、雨聲
孔門路上傳來悠揚的讀書聲
燕子築巢，一場成年禮
給予新世代期望和祝福
老街是成長的多幕背景
我們朝著八卦山遠端
山上的大佛像，彷彿在張眼和
闔眼之間，示意人間多麼溫馨
看著我們一步一步如詩句走來
走上文學步道，停駐紀念碑的雨水

---

[3] 紅葉　此指1961年建造，彰化著名的老屋紅葉大旅社。

濕潤心田裡的文字泥土
看見銀橋飛瀑⁴的意象
沿著詩牆前進追求自由的年代
我要在這裡找到
書寫的方向

 導讀

　　蘇紹連（1949～），臺中沙鹿人，臺灣當代著名詩人。主要使用的筆名為米羅‧卡索。蘇紹連對詩有很多的嘗試，從寫詩的手法、形式到作詩所使用的介面、表現方式等，形式則有散文詩、臺語華語混搭詩，詩的載體從紙張到網際網路，表現方式從文字、影像、聲音到超文本。蘇紹連長期經營個人部落格，活躍於網路，曾擔任《臺灣詩學吹鼓吹詩論壇》主編，並參與後浪詩社、龍族詩社、臺灣詩學季刊社的創辦，著有《茫茫集》、《童話遊行》、《驚心散文詩》、《時間的背景》、《無意象之城》、《孿生小丑的吶喊》等作品。

　　本詩選自葉連鵬主編的《作家遊磺溪——地誌文學集》，是因應彰化市公所於2017年5月20日主辦的「作家遊

---

⁴ 銀橋飛瀑　彰化八卦山的著名地景，銀橋飛瀑是以山谷下方的「銀橋」以及山谷上方的人造「飛瀑」二景而得名。

礦溪」活動而寫的一首地誌詩。詩中首先點出彰化火車站是臺鐵山線與海線的交會處，交通便利，而彰化市也是文化底蘊深厚的地方，不論是文學、古蹟建築和飲食文化，皆有可觀之處。本詩提及的許多文學地景，皆爲活動當日參訪的景點，蘇紹連將其串連起來，構成一首具有濃厚彰化特色的地誌詩。詩末提及八卦山文學步道和賴和前進文學地標，詩句中的「沿著詩牆前進追求自由的年代／我要在這裡找到／書寫的方向」，是對這些前輩作家以文學追求自由、抵抗強權壓迫的行爲來致敬，也具有承繼先賢書寫精神的味道。

 ## 思辨與對話

1. 詩人參訪彰化市，走過不少景點，試從〈端午走上八卦山〉一詩中，找出蘇紹連談及的文學地景。
2. 彰化被稱為文學家的城市，出產許多著名作家，試舉出你所讀過的彰化作家的作品，並說明其內容。
3. 作家創造文學地景，文學地景的存在也連結了作家本身，地誌文學有助地方的行銷，說說看，若你要為自己的家鄉寫作，你覺得有哪些景點可以介紹給大家？

延伸閱讀

1. 賴和：〈前進〉，收錄於林瑞明主編：《賴和全集二：新詩散文卷》，臺北：前衛出版社，2000年。

2. 黃文吉：〈八卦山在臺灣古典詩中的意義〉，收錄於《國文學誌》第八期，2004年6月。

3. 路寒袖：〈前進八卦山──記八卦山上賴和〈前進〉文學地標〉，收錄於葉連鵬主編：《作家遊磺溪──地誌文學集》，彰化：彰化市公所，2017年。

葉連鵬老師　撰

大佛背影

鄭如晴

　　小學五年級，學校舉辦遠足，從臺中到彰化八卦山大佛風景區。

　　大佛眼眉低垂，睡著了般。彷彿長久以來就如此春秋冬夏的坐著，直到被一車車學童清脆的喧譁聲撞醒。

　　我好奇地貼近祂的蓮花座，想看看祂是否還在睡。忽然，我看到祂眼皮下迅速翻轉的眼珠。

　　也許祂根本沒有睡，一直醒著，甚至聽得見頭頂上白雲過境的呢喃，聽得見遠方風雨的是非。閉目是因為祂知道世事多詭不能睜眼看，管得了秋風阻不了秋雨。多少祈求進入祂耳朵，多少怨愁祂難以化解。世味嚼蠟[1]，塵世團沙[2]，縱然是佛，也難以參盡世

---

[1]　嚼蠟　比喻無味。
[2]　團沙　搓揉沙子使成團，很難成形，比喻難以實現。

事。因此，花開花落，風雪千山，也只能任由它。

那時大佛剛完工沒幾年[3]，號稱亞洲第一大。車過烏日，奔馳在彰化平原上，遠遠就看到祂巍峨傲岸的身影，車內小朋友一陣騷動興奮。大佛突地拔起，高約六層樓二十二公尺，蓮花底座直徑十四公尺，盤踞如石。千百年來釋迦摩尼[4]坐姿始終如一，每座泥身都曾實實在在的活著，慈悲而定淡，吞噬著人間綿長且悠久的苦難。

這座黑身如來[5]莊嚴肅穆，端坐在形似八卦的山頂上，俯視著彰化子民，城市因大佛而展現祂的庶民精神語言。進入大佛法腹，內部八相成道[6]分六層，

---

[3] 八卦山大佛於民國45年（1956）3月動土開工，乃仿日本神奈川縣鎌倉大佛造型的釋迦牟尼佛，完工於民國50年（1961）5月，高達23公尺。原址為「北白川宮能久親王紀念碑」。

[4] 釋迦摩尼　又稱釋迦牟尼（西元前563～483），佛教始祖，又稱如來佛祖。出生於今尼泊爾南部的王族家庭，幼名悉達多，父為「迦毘羅城主」淨飯王，母為摩耶夫人。「釋迦」是其種族名，意為「能仁」；「牟尼」是聖者的尊稱，意為「寂寞」。「釋迦牟尼」意為「釋迦族的聖人」。

[5] 如來　梵語音譯為「多陀阿伽陀」，佛的十大稱號之一。《金剛經》中解釋為「無所從來，亦無所去，故名如來」。《華嚴經》中則有另一層含義，可稱作眾生的自性。

[6] 八相成道　乃釋迦牟尼佛一生的化儀，總為八種相，通常指「降兜率相、託胎相、降生相、出家相、降魔相、成道相、說法相、涅槃相」。

第一層供奉釋迦牟尼佛、第二至五層陳列佛陀一生事蹟[7]。大佛牌樓入口的參佛道兩側陳列著法相莊嚴的石雕佛像[8]，這些石雕成佛前是沒有生命的，雕成靈魂便醒了，祂們要把對土地眾生的愛，永遠守護下去。

這是我第二次看到大佛，那一年我十歲。離開前再度觀察大佛垂目，但祂這次眼珠始終未動，甚至帶著一絲揶揄的笑意，彷彿在說，我認識妳。

第一次參見大佛，是在父親因政治關係，離臺走避東瀛前。那年暑假，父親也許意識到這一走不知何年何月再相見，他特意將我們姊妹從南部接來臺中相聚。第二天，父親騎著他的速克達[9]，載著我們去彰化八卦山玩。我們在大佛四周流連甚久，那時大佛的背後是一塊荒地，記得父親站在荒地上，注視著大佛的背影甚久，若有所思。我們姊妹則在大佛前追逐戲

7　第二層起塑造陳列佛陀典故，介紹其修行過程，計有佛祖誕生、猿猴獻果、斷髮出家、魔女誘惑、佛陀說法、佛陀涅盤等六幕。
8　參佛道兩旁各有16尊由青斗石打造的觀世音菩薩現身32法相石雕，表現觀世音菩薩度眾生時，隨因緣而變化出萬千法相。
9　速克達　英語Scooter，是始於20世紀初、二次大戰後由義大利偉士牌帶動流行起來的交通工具，是機車的一種，臺灣稱「小綿羊」或「塑膠車」，是一種擁有腳踏板的機車之特別稱呼。

鬧，完全不知這次父女一別就是十多年。

當父親再度面對大佛背影時，他已沉睡在骨灰罈裡，長眠於此了。

幾十年來，每逢清明，前往彰化八卦山祭拜父親，已成固定常事。當年大佛背後的荒地，如今屹立著一座紅綠對比搶眼的大佛寺[10]，和兩座納骨塔[11]。雕龍畫棟的大佛寺，正中的大殿，面寬約五間[12]，紅瓦的廡殿頂[13]，色彩繽紛極盡熱鬧，打碎了兩座納骨塔的森冷清寂。

父親的骨灰罈安置在其中一座的六樓，面對寬廣的平原。站在六樓迴旋的石欄邊，清楚的可見頭上的八角飛簷沖天，簷上琉璃獸頭，絢麗多樣。另一座是在後方的六合塔，環繞周邊的是一處松風明月般的

---

[10] 民國61年（1972）1月開始興建，民國65年（1976）2月落成，採宋代宮殿式建築形式，共四層樓，高25公尺，一、二、三樓分祀孔子、關公、釋迦牟尼佛，將「儒、釋、道」合而為一。

[11] 右塔又稱六合塔，完工於民國66年（1977），左塔又稱八卦塔，完工於民國78年（1989）。

[12] 五間　即五開間。開間，乃舊式房屋表示屋面寬度的用語，以撐住屋椽的橫木長度為準。即由正面觀之，兩根柱子（或牆身）之間的距離就是一「開間」。

[13] 廡殿頂　中國古代的傳統屋頂形式之一，又稱吳殿、五脊殿，因其由一條正脊和四條垂脊組成而得名。由於屋頂有四面斜坡，又稱四阿頂。

小花園[14]。左右環以假山流瀑，下方一小水池錦鯉優游。幾株古松，一架石橋，彷彿出自國畫。

凝望大佛背影，右方的一脈蒼茫，與左方的一脈翁鬱交會，彷彿托起一股神祕的力量，讓長眠於此的先人魂魄，逾越高峰峻嶺，到達真正的安樂世界。

更遠處，高樓林立，有如木積疊架。近處，一彎空中步道[15]蜿蜒橫過，長長的延伸到左前方，消失在樹林盡頭。霧霾籠罩的天空，灰濛濛一片陰翳。對此，盤坐幾近六十年的大佛，看似也無語。

也許，大佛錯過了某個可以改變世間的契機，或者祂本就了然？

而我和父親，我們都錯過了許多生命中的重要時刻。

例如，我錯過了父親的病危，錯過了父親的葬禮，錯過了父親進塔的儀式；父親亦錯過了我的成長，錯過了臺灣社會的改變，錯過了大佛背後的物換星移。

---

[14] 此處稱「禪心園・錦鯉池」。
[15] 指八卦山天空步道，斥資8,640萬元，2016年7月10日正式啟用，全長1,005公尺，最高點16公尺。以輕型鋼架為結構、柵欄式線條為造型，自大佛廣場至彰化生活美學館，沿途設有7個出入口，承載總上限為2,000人。

我和父親緣淺，終究是兩條無法交集的平行線。等到父親可以自由回國，我已準備啓程去德國。那一天，我和父親在咖啡廳話別。我告訴他，回憶中最懷念的一天，是小時候他載我們到八卦山玩。但我沒告訴他，我記得那天他站在大佛背後拭淚的神情。

　　一別七年，再回到臺灣，已見不到父親了，他就睡在這大佛背後。日出一山鳥鳴，日落一抹紅霞。隔著陰陽，我想起和父親在八卦山的那天，離開大佛時，已滿山燈火，天上的星星夢似的掛起，然而我的童年就此收場。

　　生命有這麼多的無奈，聚合離散全由不得人。我還企盼著和父親享天倫之樂，時光就粗暴地把我推入另一個邊緣。幾年後，我才意識到每個時代都有它的悲劇，既是人間的，也是歷史的。

　　每年，我都要給父親準備他喜歡的枇杷上山。因父親之故，我也愛上了這橙黃小巧的果實，通過它我和父親多了些連結。它飽滿金燦燦的果粒，給單調四陷的生活帶來一些熱鬧與填補。今年清明，聯絡姊妹們一起來祭拜父親，但說好要給父親買枇杷的妹妹卻忘了。我有些懊惱，可能要自責一陣子，聽說父親臨終前，每每想吃的就是枇杷，雖然他當時已無法吞嚥。

在開放性的供架上，父親米黃色的骨灰罈缽蓋已積了一層灰。年年都要仔細地擦拭缽頂蓋，輕柔得好像在擦拭著父親的身體，並避免驚動他的鄰居。這才察覺，原本冷清的層層供架上，不知從何時已爆滿。塔位管理員說目前一位難求，人人都想分得前頭飄送來的大佛香火。

站在六樓的迴廊，等著燃香過半。大佛背後的地藏王[16]廳傳來陣陣抑抑揚揚的誦經聲，一會兒近一會兒遠，彷彿來自古老遙遠的天國裡的梵歌。忽然一串串孩童銀鈴般的笑聲傳來，打破了這片銅色的靜穆。兩種聲音巧妙地融合在一起，優遊在死亡與生命間，竟是那麼的和諧。原來生、死是與共的，都在一個空間裡。

大佛背影樸素又莊嚴，蘊含敦厚與溫柔。平常甚少見面的同父異母妹妹，靜靜地聽我訴說成長。夕陽反射在對面建築的玻璃，把時光切成一道傷口。妹妹也談起自己鮮少與人知的過往。自從五歲隨著她母親離去，生活的起落盡是跌撞。我們的成長都有一個共

---

16 地藏王　又稱地藏王菩薩，因其「安忍不動如大地，靜慮深密如祕藏」而得名。又因其發有「眾生度盡、方證菩提；地獄不空，誓不成佛」之大願，被尊稱為大願地藏菩薩、幽冥教主。與觀音、文殊、普賢並稱漢傳佛教四大菩薩。

通點，那就是在漫長歲月中，都沒有父親。

　　生命裡有些東西，是我們一生苦苦想追尋的，但努力不一定能得到，只能看它在歲月的指縫裡流走。生活存在著太多的尷尬與窘迫，也許這不只是一個家庭的故事，可能是更多一代人的處境。

　　或許，大佛背後藏著的，還有更多的故事與心事。

📖 導讀

　　鄭如晴（1954～），本名鄭美智，臺灣高雄市鹽埕區人，國立臺東大學兒童文學研究所碩士。曾留德七年，於德國慕尼黑歌德學院、慕尼黑翻譯學院研修。回國後歷任「國語日報」副刊主編，毛毛蟲兒童哲學基金會執行長、「中華文化」雙週報副總編輯等職，並於國立臺灣藝術大學講授「小說賞析與創作」與「兒童文學」課程。著有長篇小說《沸點》、《生死十二天》，中篇小說《少年鼓王》，散文《散步到奧地利》、《和女兒談戀愛》、《關於愛，我們還不完美》、《親愛的外婆》、《細姨街的雜貨店》、《鑿刻家貌》等書；另著有小天下童話思考系列二繪本，及翻譯德國經典兒童文學系列《拉拉與我》、《小巫婆》、《小幽靈》二十餘冊。現專職寫作兼世新大學通識中心教授。

本文選自《細姨街的雜貨店》一書，原載於2018年6月17日《自由時報》副刊‧D5版。彰化八卦山大佛完工於1961年，高七丈二尺，為當時東亞最高佛像，也從此成為彰化的地標和熱門景點，文中先後以十歲、六歲兩次的大佛風景區之旅，思及與受白色恐怖政治牽連之父親的生離死別，不只有詳實豐富的地貌抒寫令觀者如臨其境，也徐曲傳達時代陰影下聚合離散、生命無常由不得人的深沉無奈，但藉著瞻仰素樸莊嚴、溫柔敦厚的大佛及其背影，療癒了長久以來曾發生的種種家庭劫難和悲苦。作者以「二我差」的敘事技巧追憶與體悟，不慍不火、拿捏得當地讓情感穿梭在今／昔、家／國之間，身影竟似與慈悲淡定的大佛交相融疊成一體。

 思辨與對話

1. 從彰師第七宿舍後方步道可一路行至大佛風景區，請試走一趟，用心觀賞並比較和作者所描述之地貌有何異同？

2. 八卦山大佛是彰化地標，你曾仔細瞻仰凝視過祂嗎？有何特殊感受？與祂產生何種心靈對話？

3. 「大佛背後藏著很多故事和心事」，對作者而言，那是家庭長久以來的悲苦記憶。你的家族曾經歷哪些痛苦和劫難？如何面對與解決？

延伸閱讀

1. 鄭如晴：《細姨街的雜貨店》，臺北：時報文化出版公司，2018年。

2. 鄭如晴：《鑿刻家貌》，臺北：時報文化出版公司，2019年。

3. 康原：〈八卦山〉，《八卦山／臺語詩》，彰化：彰化縣文化局，2001年。

4. 周國屏：〈八卦臺地地名特色初探〉，《彰化文獻》第8期，2006年11月。

5. 陳亮州：〈歷史遞嬗中的八卦山名〉，《彰化文獻》第9期，2007年10月。

6. 施懿琳、楊翠、林文龍、康原編：《八卦山文學步道導覽手冊》，彰化：彰化縣文化局，2004年。

7. 陳仕賢、許嘉勇、邱麗琴編：《彰化歷史散步——半線文化資產巡禮與八卦山文史行腳導覽解說手冊》，彰化：鹿水文史工作仕，2005年。

8. 國家臺灣文學館「智慧型全臺詩知識庫」
   網址：https://db.nmtl.gov.tw/site5/index。

吳明德老師　撰

家圖書館出版品預行編目資料

青春悅讀：文學與生命的對話／國立彰化
師範大學「自我‧人我‧物我─文學
與生命的對話」教師專業社群編著. --
初版. -- 臺北市 ： 五南圖書出版股份
有限公司, 2023.09
　面； 公分
ISBN 978-626-366-371-8（平裝）

1.國文科 2.讀本

▮36　　　　　　　　　112011937

1X11

青春悅讀
文學與生命的對話

編　　著 ─ 國立彰化師範大學「自我‧人我‧物我─
　　　　　　文學與生命的對話」教師專業社群

企劃主編 ─ 黃惠娟

責任編輯 ─ 魯曉玟

封面設計 ─ 姚孝慈

出 版 者 ─ 五南圖書出版股份有限公司

發 行 人 ─ 楊榮川

總 經 理 ─ 楊士清

總 編 輯 ─ 楊秀麗

地　　址：106臺北市大安區和平東路二段339號4樓

電　　話：(02)2705-5066　　傳　真：(02)2706-6100

網　　址：https://www.wunan.com.tw

電子郵件：wunan@wunan.com.tw

劃撥帳號：01068953

戶　　名：五南圖書出版股份有限公司

法律顧問　林勝安律師

出版日期　2023年9月初版一刷
　　　　　2024年9月初版二刷

定　　價　新臺幣350元

經典永恆・名著常在

五十週年的獻禮——經典名著文庫

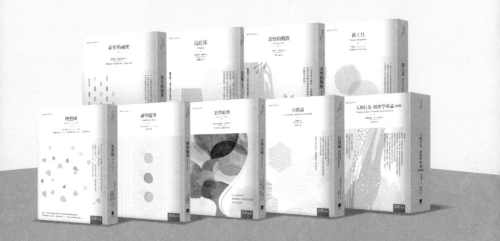

五南，五十年了，半個世紀，人生旅程的一大半，走過來了。
思索著，邁向百年的未來歷程，能為知識界、文化學術界作些什麼？
在速食文化的生態下，有什麼值得讓人雋永品味的？

歷代經典・當今名著，經過時間的洗禮，千錘百鍊，流傳至今，光芒耀人；
不僅使我們能領悟前人的智慧，同時也增深加廣我們思考的深度與視野。
我們決心投入巨資，有計畫的系統梳選，成立「經典名著文庫」，
希望收入古今中外思想性的、充滿睿智與獨見的經典、名著。
這是一項理想性的、永續性的巨大出版工程。
不在意讀者的眾寡，只考慮它的學術價值，力求完整展現先哲思想的軌跡；
為知識界開啟一片智慧之窗，營造一座百花綻放的世界文明公園，
任君遨遊、取菁吸蜜、嘉惠學子！